ベリーズ文庫

怜悧な外交官が溺甘パパになって、一生分の愛で包み込まれました

蓮美ちま

STARTS
スターツ出版株式会社

目次

怜悧な外交官が溺甘パパになって、一生分の愛で包み込まれました

特別書き下ろし番外編

怜悧な外交官が溺甘パパになって、
一生分の愛で包み込まれました

プロローグ

『その子が、新しい男との子供か』

久しぶりに聞いた第一声は、不機嫌そうな低く掠《かす》れた声だった。

どうして、彼がここにいたのか。

近所のスーパーから帰ってきた吉川沙綾《よしかわさあや》は、ドイツ製の高級車が去っていった方向をじっと見つめたまま、呆然《ぼうぜん》と立ち尽くしていた。

左手には今日の夕食であるハンバーグやサラダの食材が入ったエコバッグ。右手は一歳九ヶ月になる息子、湊人《みなと》としっかり繋《つな》がれている。

血の気が引き、全身にじんわり汗が滲《にじ》んだ。

記憶違いでなければ、彼はまだドイツにいるはずの時期だ。帰国が早まったのだろうか。

三年前と変わらず、人の心の中まで見透かしそうな瞳だった。

百八十五センチの長身に纏《まと》うスーツはオーダーメイド。仕事柄カッチリとセットすることの多い黒髪はラフに下りていて、少し長めの前髪が風に揺れていた。

綺麗《きれい》な輪郭《りんかく》の中に収まっている幅の広い二重にスッと通った鼻筋、薄い唇。

整った容姿はバランスの取れたスタイルと相まって冷たそうな印象を受けるが、自分だけに向けられる、目を細めて優しく微笑む顔が大好きだった。

だけどその顔も、もう二度と見られない。

与えられた高級高層マンションを出て、都心から離れたアパートに引っ越したというのに、どうしてここがわかったのだろう。

いや、それよりも……。

沙綾は小さな手と繋いでいる右手にぎゅっと力を入れる。

(この子だけは、奪われるわけにいかない……!)

まさか再会するなんて思っていなかった。

こちらから連絡する気もなかったし、帰国してマンションに自分がいないと確認したところで、彼にとってはどうだっていいはずだ。

それなのに、ここで沙綾の帰りを待っていたのは、住んでいる場所を調べて知っていたということ。

湊人の存在を把握済みだったのも恐ろしい。

(でも、自分が父親だとは思っていなさそうだった。悲しいけど、それだけは救いか

もしれない）

沙綾は彼が去り際に言った言葉を思い出す。

『その子が誰の血を引いていようと、あと三ヶ月、君は俺の妻だ』

一体彼はなにを考えているのか。

確かに三年前、ある契約をした。その期間は今年の七月まで。彼の言う通り、まだあと三ヶ月ある。

だけど、とてもその契約を遵守《じゅんしゅ》する気になんてなれない。そもそも、突然契約を反故《ほご》にしたのは彼ではなかったか。

（本当の夫婦になれたと思ってた。だけど拓海《たくみ》さんにとって、私は本当にただの契約妻だった……）

とっくに吹っ切ったと思っていた感情に飲み込まれそうになり、沙綾は慌てて唇を噛《か》み締める。

「まーま？」

部屋に入ろうと言いたげに、繋いだ手を湊人にツンツンと引かれ、ハッと我に返る。

「ごめんごめん。おうちに帰ろうね」

動揺している場合じゃない。

彼は明日、十時に迎えに来ると言って去っていった。

相変わらずこちらに考える隙を与えないやり口で、連絡先を知らない以上、断るすべもない。

それに、きっと明日逃げたところで、いつか捕まるだろう。

城之内《じょうのうち》拓海とは、一度決めたことはやり遂げる。そういう男だ。遅かれ早かれ向かい合わなくてはならないのなら、腹を括《くく》るしかない。

沙綾は湊人に笑顔を向けてアパートの階段を上りながら、明日はどうなってしまうのだろうと内心不安でいっぱいだった。

1. 唐突なプロポーズ

「え！ 夕妃《ゆうき》も一緒に参加するんじゃないの？」

待ち合わせにやってきた相手を見て、沙綾は驚いて声を上げた。

「ううん、沙綾の分しか申し込んでないよ。私はファンの子のためにも参加できないでしょ」

「あ、そっか。そうだよね……」

したり顔で笑うのは、横井《よこい》夕妃。

沙綾の高校の同級生で、二十四歳になった今でも付き合いがあり、親友と呼べる仲だ。

百七十六センチという長身、アッシュブラウンの髪はさらさらのショートカットで、街行く人の羨望《せんぼう》の眼差しを集めるほど細く長い脚を、黒のスキニーパンツで引き立てている。

淡いピンクの膝丈のドレスに身を包み、ダークブラウンの猫っ毛を緩く編み込んでアップスタイルにしている沙綾と違い、夕妃は完全に普段着だ。

「夕妃も一緒だと思ったから来たのに……」

「そう言うと思ったから黙ってたんだよ」

沙綾と夕妃が待ち合わせたのは『ホテルアナスタシア』のロビー。

天井には大輪の薔薇《ばら》をイメージしたシャンデリアが輝き、木目調の大きな階段にはワインレッドの絨毯《じゅうたん》が敷かれ、重厚な雰囲気を醸《かも》し出している。

正面に飾られた季節の花々は、訪れた人々の気分を上向きにさせ、その場を華やかに演出していた。

夕妃からこのホテルのバンケットルームで開かれる婚活パーティーに誘われたものの、半年前に彼氏の浮気が原因で破局した沙綾は、結婚どころか恋愛にも前向きになれない。

決して元彼に未練があるわけではないが、もう恋はしなくていいと思っている。

それでもこうしてやってきたのは、親友である夕妃が、自分を心配してくれていると感じたからだ。

勤めている旅行代理店の三年先輩の元彼は、同じ店舗の沙綾の後輩と浮気をしていた。

当然ふたりを責めた沙綾だが、彼らは悪びれもせずに開き直り、職場には沙綾に問題があって破局に至ったように吹聴《ふいちょう》して回っている。

今も同じ空間で仕事をしなくてはならず、職場に行くのが苦痛で仕方がないという愚痴《ぐち》を、夕妃は嫌な顔ひとつしないで何度も聞いてくれた。

塞《ふさ》ぎがちだった沙綾を休日に外に連れ出し、立ち直るのを助けてくれたのには、とても感謝している。

だが、それとこれとは話が違う。

「結婚する気もないのに婚活パーティーなんて参加したら、他の人に迷惑だよ」

「沙綾はこのくらい強引にしないと、一生恋愛なんてしないって言い出しかねないから」

さすが十年来の親友はよくわかっている。図星を指され、沙綾は口を尖《とが》らせた。

「……私には『ミソノ』があればいいんだもん」

『聖園歌劇団《みそのかげきだん》』。通称、ミソノ。

未婚の女性だけで構成された劇団で、オリジナルのミュージカルやショーが楽しめる。

男性役の総称を『男役』と呼び、長身の女性団員が本物の男性以上にカッコよく演じる様が、世の女性たちを虜にしているエンターテイメント。

女性の理想や憧れがこれでもかと詰め込まれた男役にハマってしまえば、もはや抜け出すなど不可能だと思っている。

沙綾自身も子供の頃に舞台を見て以降、十年以上のファン歴を誇る。

そして、夕妃に入団を勧めたのも沙綾だった。

共学だったものの、女子生徒の人気をひとり占めしていた夕妃に、何気なく『夕妃はミソノに入ったらあっという間にスターになりそうだね』と話したのがきっかけで、今や彼女は本当に聖園歌劇団を背負って立つ大スターに上りつめた。

元々中性的な顔立ちだったが、劇団に入り、男役として磨かれた夕妃は、親友の沙綾から見ても贔屓目《ひいきめ》なしにカッコよく、女性とは思えないほどイケメンだ。

綺麗というよりは可愛《かわい》らしい容貌《ようぼう》で、身長は百五十六センチ、平均体型の沙綾が隣に立っていると、なおそれが引き立つ気がする。

こうして隣を歩いていても、多数の視線が彼女に注がれているのがわかる。

「夕妃とか他の男役スターさんから十分ときめきをもらってるし、恋愛は間に合ってるよ」

「バカなこと言ってないで。ほら、エレベーターまでついていってあげるから」

「本心なのに。夕妃の立場上無理だってわかってるけど、ひとりで参加するなんて心細いよ」

「大丈夫。今回のパーティーは、男性は国家公務員限定のもので、身元がしっかりしてる人しかいないから」

そういう意味じゃないと内心でため息をつきながら、ロビー奥のエレベーターホールへ歩みを進める。

ここまで来た以上、今さらキャンセルするのも主催者側に申し訳ない。

そんな沙綾の性格を見越して申し込んでいたであろう夕妃が、とぼとぼと歩く沙綾を見て励ますように冗談を飛ばす。

「それに、私が参加したら会場中の女性を掻《か》っ攫《さら》っちゃうよ。他の男性陣に悪いでしょ？」

そんなわけないでしょ、と言わせないのが夕妃のすごいところである。

実際、高校生の頃からモテていた夕妃だが、今年のバレンタインにはトラック二台分のチョコレートが劇団に届いたらしい。

「それじゃ、私これから自主稽古《けいこ》だから」

「うん、頑張って」

「沙綾も。頑張っていい男見つけてきて」

「いや、だから求めてないんだってば……」

苦い顔をしてみせても、夕妃はいたずらな顔をして笑うだけ。

彼女はぽんぽんと沙綾の頭をたたくと、ショートブーツのヒールの音を響かせながら、颯爽《さっそう》と去っていった。

「ナチュラルに男前なんだよね。見つかってファンの子に囲まれないといいけど」

時刻は午後五時四十五分。祝日の今日、街は多くの人で賑《にぎ》わっている。芸能人とまではいかなくとも、彼女を知っている人は少なくない。

とはいえ、彼女なら、囲まれたところでうまく対処できるのだろうけれど。

夕妃の姿勢のいい背中を見送り、ふうっと息を吐き出してから受付へ向かう。

名前を告げてドリンクを選ぶと、プロフィールカードを渡され、今日の流れを説明された。

「会場内に入りましたら、お好きなお席に座ってこちらをご記入ください。男性が三分ごとに席を移動し、参加者全員とお話するトークタイムがありますので、そちらでお使いいただきます。会話の糸口にしていただいたり、アピールポイントなどを書いていただくのもいいと思いますよ」

その後はフリータイムとなり、気になった人に直接声を掛けていく形らしい。

極端な人見知りではないとはいえ、特に恋人や結婚相手を求めているわけではない沙綾にとって、なかなかヘビーな時間になりそうだ。

名前や出身地から、趣味、特技、好きな異性のタイプなど一通り記入し、受付でオーダーしたオレンジジュースを受け取って喉を潤《うるお》す。

会場内をざっと見回すと、三十名ほどの男女が参加していた。

男性はスーツ姿、女性は結婚式のお呼ばれのようなパーティードレス姿でとても華やかだ。

程なくして進行のスタッフがパーティーの開会を宣言し、簡単な注意事項や趣旨《しゅし》説明がなされた後、持ち時間三分のトークタイムが始まった。

時間が来ると、向かいに座る男性が順番に隣の席に移動していき、一周すると全員と顔を合わせるシステムは、婚活パーティーの定番らしい。

三分という時間は短いようで、興味の薄い沙綾にとっては長く感じる。

何度も同じような自己紹介を聞き、結婚観を聞かれては困って言葉に詰まるの繰り返し。

真剣に結婚相手を探しているだろう相手に対し、どんどん申し訳なさが募《つの》っていく。

（あとふたりで終わり……）

なんとか笑顔を貼りつけたまま向かいに腰掛けた相手に会釈《えしゃく》をするが、顔をきちんと見る気力すら失われていた。

惰性《だせい》でプロフィールカードを交換し、受け取った紙に視線を向ける。

「よろしくお願いします」

低く艶《つや》のあるいい声だが、若干の疲れが滲んでいるような、億劫《おっくう》に聞こえるトーンだった。

なんとなく親近感が湧いて顔を上げ、目の前の男性を見て驚いた。

映画やドラマから抜け出てきたかのような抜群の容姿は周囲の目を惹《ひ》き、沙綾もまた、彼に釘付けになる。

艶やかな黒髪のサイドを撫《な》でつけ、額を出したヘアスタイルは、いかにもデキる男といった雰囲気で、質のいいスーツの上からでも鍛え上げられた体躯《たいく》がわかる。

睨《にら》んでいるわけではないのだろうが、力のある目元は印象が強く、まるでこちらの心の中まで見透かしそうな瞳をしている。

その類まれな容貌に既視感を覚え、思い出そうとその瞳を無意識に直視する。

「君は……」

沙綾がじっと見つめすぎたからだろうか。目の前の彼が怪訝《けげん》な表情で自分を凝視しているのに気付き、慌てて顔を下に向ける。

それでもまだ前からの視線を感じ、居心地悪く感じながら、交換したプロフィールカードを真剣に読んでいる風を装った。

(えっと、お名前は、城之内拓海……え？)

城之内拓海。その名前には覚えがあった。沙綾は驚きながら他の項目に目を走らせる。

職業欄に外務省勤務と書かれているということは、いわゆる外交官だろうか。思い描いている人物なら、エリートと名高いキャリア官僚になっているのも納得だ。学生時代から目立っていたが、現在の彼は貫禄《かんろく》すら感じる落ち着いた雰囲気と大人の男の色香を纏っている。

ミソノに夢中だった沙綾はあまり鮮明に覚えてはいないが、あの頃よりももっと魅力的に見えた。

(出身大学、私と同じ。やっぱり間違いない、拓海先輩だ……)

拓海は沙綾の三つ年上で、同じ大学の英会話クラブであるＥＳＳサークルに入っていた。

英語劇を上演するドラマ班と呼ばれるグループに所属していた沙綾とは違い、拓海は英語を使って主義主張を述べ勝敗をつけるディベート班で代表を務めていた。

突出した容姿はもちろん、流暢《りゅうちょう》な英語と、議論を組み立てる卓越した構成力と説得力で自身の主張を述べる様子は誰の目にも輝かしく映り、カリスマ的人気を誇っていた。

女性からの人気も凄《すさ》まじかったが、あまり浮いた話を聞いたことがない。

グループが違った上に、一年間しか在学期間が被っていなかったので、そこまで交流はないが、何度かグループ合同の飲み会で一緒になる機会はあったし、そうでなくても有名だったので存在自体は知っている。

（これは、後輩として挨拶《あいさつ》するべき？　でも、拓海先輩は私のことなんて覚えていないだろうし……）

英語サークルゆえに、互いを名字ではなく名前で呼び合うのが主流なだけで、特に親しかったわけではない。

彼が大学を卒業して五年。覚えていないというよりも、当時沙綾を認識していたかどうかすら怪しい。

目の前の男性にどう接しようかと悩んでいると、驚くことに向こうからアクションを起こされた。

「君、大学同じだよな。ESSのドラマ班にいた？」

「あ、はい、そうです」

コクコクと首を縦に振り肯定するも、まさか拓海が自分を覚えていたとは思わず動揺する。

結婚相手を探しに来るような場で大学時代の先輩に出会うだなんて、とても気まずい。

そう思う沙綾とは裏腹に、拓海はプロフィールカードを熱心に読み込んでいる。

「吉川沙綾、二十四歳。特技はドイツ語か。どのくらい話せるのか聞いても？」

「え？ はい。子供の頃何年か住んでいたので、日常会話に困らない程度には今も話せます」

父親の仕事の関係で、小学四年生から中学卒業までをドイツの中西部に位置するデュッセルドルフで過ごした。

ヨーロッパ随一の日本人街のある場所で、住み始めた当初は言葉も通じず、心細さから日本人の子とばかり遊んでいた。

契機となったのが小学校五年生の頃、聖園歌劇団が海外公演でベルリンに来た。女性だけで構成された日本の劇団が興行に来たとニュースにも取り上げられ、興味を持ったクラスメイトが日本人の沙綾に話しかけてくれたのがきっかけで、現地の子ともうまく交流できるようになった。

両親に頼み込み、ベルリンで公演を観劇した帰りの飛行機に乗っている頃には、熱心なファンになっていたのは言うまでもない。

そんな経緯もあり、沙綾は聖園歌劇団には並々ならぬ思い入れがある。

「確か英語もかなり話せたよな。君が出ていた英語劇を見たことがある」

「はい、それなりに」

「人見知りはする方？」

「いえ、そんなにしないです」

「好きなタイプは〝浮気をしない人〟か。過去に嫌な思いでもしたか」

「はぁ、まぁ……」

なぜ婚活パーティーで久しぶりに会った学生時代の先輩に、こんな風に質問攻めにされているのだろう。

一方的に質問されてそれに答えながら、なんだか就職面接のようだと首をひねっていると、拓海が「よし」と呟《つぶや》いて、大きく頷《うなず》いた。

「君に決めた」

「……はい？」

なんの話かわからず聞き返したところで、トークタイム終了の合図が鳴り、それ以上聞く機会を失ってしまう。

拓海は瞳にどこか鋭い光を宿して沙綾を見つめた後、隣の席に移動していった。

彼が気になり、気もそぞろのまま最後のひとりとの三分間を終えると、いよいよ参加者にとって最大の山場となるフリータイムとなる。

積極的に相手を探しているわけではない沙綾は、なるべく邪魔にならないようにと会場のすみっこに移動して、スタッフにドリンクのおかわりをもらう。

一時間以上話していたので、喉がカラカラだった。

ふと会場の奥に目をやると、女性の参加者が一箇所に集まっている。人気がひとりに集中しているのだろう。

輪の中心にいるのは、どうやら拓海のようだ。他の参加者は、降参とでもいうように男性同士で苦笑し合っている。

（うわぁ、夕妃以外にもいたよ！　会場中の女性を掻っ攫っていっちゃう人が！）

心の中で親友に向かって叫んでいると、周囲を取り囲んでいる女性に断りを入れた拓海が、なぜかこちらに向かって歩いてくる。

（え？　なんでこっちに来るの……？）

拓海が動けば、周囲の人間の視線も動く。

自分までその視界に入るのが嫌で、沙綾は逃げ腰になってしまう。

変に目立ちたくなくて、できればこっちに来ないでほしいと失礼なことを考えていた。

「吉川沙綾さん」

「は、はい」

沙綾の目の前で立ち止まった拓海にフルネームで名前を呼ばれ、身体を固くして何事かと次の言葉を待った。

一体なにを言われるのか。裁判で判決を言い渡されるのを待つ被告人はこんな気持ちなのかとビクビクしていると。

「俺と結婚しないか？」

唐突に放たれた言葉に、一瞬意味がわからず、彼を見上げたままぽかんと口を開けていた。

その時間わずか数秒。

すぐに彼の発言を聞いていた周囲の女性たちのけたたましい黄色い叫び声で我に返

り、たった今言われたセリフを反芻《はんすう》する。

（結婚？　今『俺と結婚しないか？』って言った？　誰が？　誰と？）

頭の中はパニック状態で、すぐに反応を返せない。

頭上にはてなマークをいくつも飛ばし、ただ拓海の言葉を脳内で繰り返し再生しては、はてなの数を増やすだけ。

そんな様子を可笑《おか》しそうに見ていた拓海は、「場所を変えよう」とギャラリーの多い会場から沙綾を連れ出した。

そのまま連れられてきたのは、同じホテル内の二階にあるオーセンティックバー。できる限り照明を落とし、静かにジャズが流れている店内は、高層階の夜景を楽しめる華やかな雰囲気のレストランとは違い、都内の隠れ家的な風情を漂わせている。

拓海に促され奥のカウンターに並んで座り、カクテルをオーダーするまで、互いにひと言も話さなかった。

程なくして頼んだウイスキーとピーチフィズがサーブされ、軽くグラスを掲げて会釈してから口をつける。

「食事も頼むか。嫌いなものは？」

「あ、固形のチーズだけ……」

「わかった」

頷いた拓海は、厚切り生ハムやサーモンとアボカドのブルスケッタ、ボロネーゼなどを注文し終えると、早速とばかりに本題を切り出した。

「先程も言ったが、俺と結婚しないか？」

やはり聞き間違いではなかったらしい。

「あの、ここまでついてきてなんですが、まったく意味がわからないっていうか……」

沙綾と拓海は同じ大学出身で、一年だけサークルに入っている時期が被っていたというだけで、ほとんど面識もなく、今日の婚活パーティーでの三分間が、過去で一番長く話した時間だ。

あの場に留まるのが憚《はばか》られたため、腕を引かれるままついてきてしまったが、そんな初対面と変わらないような間柄の彼から結婚を申し込まれる理由がわからない。

拓海は国家公務員の外交官で、このルックスだ。相手に困るわけでもないだろう。

現にパーティー会場では、ほとんどの女性参加者が彼とカップリングしたくて必死だった。

「唐突なのは重々承知だ。だが俺には時間がない」

「時間がない？」

沙綾は首をかしげながら続きを促した。

「三ヶ月後には仕事でドイツへ赴任する。職業柄、各国の歓迎会などのレセプションに出席する機会が多いんだが、海外ではパートナー同伴が当たり前のように求められる。いまだに結婚しない俺を見かねた上司に、今日のパーティーへ勝手にエントリーされたというわけだ」

「職業って、外交官ですよね？」

「あぁ」

「……海外でパーティーに同伴できる奥さんを探しているということですか？」

「飲み込みが早くて助かる」

満足げに頷く拓海だが、沙綾は小刻みに首を横に振った。

「待ってください。確かに私は英語とドイツ語は話せますけど、それだけでいきなり結婚する相手を決めるなんて、いくらなんでもおかしいです」

「そうか？　外交官の結婚相手に求められるのは、家柄でも容姿でも、浮気をしない誠実さでもない。外国の要人とコミュニケーションが取れる女性らしいぞ」

「らしいぞって、そんな他人事みたいに……。拓海先輩が本当に求める人と結婚をすればいいじゃないですか」

「学生じゃないんだ。先輩は勘弁してくれ」

ウイスキーを呷《あお》りながら苦笑する拓海の言葉を受け入れ、呼び方を修正してもう一度自分の考えを伝えた。

「とにかく、私には城之内さんの妻は務まりません。結婚相手はきちんと真剣に考えた上で決めた方がいいと思います」

「他人行儀だな。拓海でいい」

「そ、そんなこと言われても……。他人ですから」

「今はな」

獲物を狙うかのような眼差しに射竦《すく》められ、固まる身体とは裏腹に、心臓が大きな音を立てて跳ねた。

「仕事が忙しくて恋人をつくる暇などないし、そもそも俺は恋愛に興味がない。これは契約結婚の提案だ」

「契約、結婚……？」

「俺とドイツに渡り、レセプションに招かれた時は妻の振る舞いをしてほしい。それ以外の時間はなにをしていても自由だし、対価と言ってはなんだが、君の生活の一切は俺が保証する」

ポンポンと繰り出される提案に、沙綾は完全に置いてきぼりを食らっている。

言っている内容は理解できるが、話が突飛すぎてなかなか思考が追いつかない。

個人でなく外交官として結婚相手を求めていることも、契約結婚というドラマでしか聞いたことのない単語も、まるで自分の中の常識とかけ離れていて、どう返したらいいのかわからず、沙綾は目の前のアルコールに逃げた。

いつもよりもピッチが早いと自覚しつつも一杯目を拓海と同じタイミングで飲み干したところで、料理が次々とサーブされる。

二杯目も拓海は同じウイスキーを、沙綾は料理に合わせて赤ワインを使ったカクテル、ワインクーラーを頼んだ。

「食事をしながらにしよう。次は君の話を聞かせてほしい」

「私の？」

食事をしながらという言葉に甘えて、気になっていた厚切りの生ハムを、添えてあるわさびでいただいた。

豚肉の芳醇《ほうじゅん》な香りと、厚切りならではのジューシーさが、刻みわさびのザクザクとした食感とツンとした辛味によく合う。

ブルスケッタもガーリックが程よく効いていて、アルコールがどんどん進む。

「今日のパーティーに参加したのはなぜだ？　見ていた限り、積極的に相手を探していたようには見えなかったが」

美味《おい》しさを目を閉じて噛み締めながら、沙綾は質問に頷いた。

「親友が申し込んでくれたんです。このままだと私が一生恋愛しないって言い出しそうだからって」

「以前の恋人の浮気が原因で？」

「……そうですけど」

直球の質問に口を尖らせる。

好きなタイプの欄に、バカ正直に〝浮気をしない人〟なんて書くのではなかった。

心の中で後悔していると、拓海は器用にボロネーゼを取り分け、沙綾の分の皿を差し出しながら小さく笑う。

「悪い。話題を変えよう。趣味は観劇と旅行と書いていたな。英語が話せるのなら、海外旅行も困らないだろう」

「でも、海外旅行はハードルが高くて。聖園歌劇団が好きなので、お芝居の舞台となった場所に行きたいんですけどね。フランスのベルサイユ宮殿とか、イタリアのトレビの泉とか」

「ベルリンの壁がモチーフになった舞台はないのか？」

まさか拓海がミソノの話題に乗ってくれるとは思わず、沙綾は嬉々《きき》として答えた。

「あります！　ちょうど来月上演する『隔たれた恋人たち』っていう舞台が、ベルリンの壁によって引き裂かれてしまう男女の物語なんです！　二十年前の名作の再演なんですけど、私とっても楽しみにしてて」

なぜなら『隔たれた恋人たち』の主演を務めるのが、親友である夕妃なのだ。

自分が幼い頃の名作を親友の再演で見られるなんて、こんなに幸せなことはない。

嵐がこようと槍《やり》が降ろうと絶対に観に行こうと決めている。

前情報で仕入れたストーリーを聞かせ、ミソノの男役がいかにカッコいいか、自分がどれだけミソノを愛しているかを延々と語る沙綾は、カクテル二杯ですでに酔いが回っている。

しかし、なぜか拓海が適度に相づちをうち、熱心に話を聞いてくれるのが嬉《うれ》しくて、三杯目、四杯目と杯を重ねた。

「その舞台を見たら、ベルリンに行きたくなるんじゃないか？」

「絶対なりますよ。ただでさえドイツは昔両親と住んでいたので、また行きたいって思ってるんです」

「行けばいい。俺と一緒に」

艶のある甘い低音の声が、ドンっと下腹に重く響いた。

バーのダウンライトの効果も相まって、匂い立つような男の色気を湛《たた》えた流し目を送られ、沙綾は胸を掴《つか》まれたような錯覚《さっかく》に陥る。

ぎゅっと苦しくなるような、息が詰まるような、それでいて、不快ではない感覚。

カクテルではなく、彼にあてられて酔ってしまいそうだと考え、慌ててグラスに口をつけた。

真っ赤になっているであろう顔を誤魔化すため、いつも以上にお酒が進んでいるが、それを気にしている余裕はない。

「仕事はなにを？　接客業としか書いていなかったが」

無表情を装いながらも慌てふためく沙綾をクスリと笑いながら、拓海が再び話題を変えた。

自分が照れているのを見透かされているのだとわかり、ますますはずかしい。

「旅行代理店で働いています。といっても、転職を考えているところで……」

「転職？」

アルコールでふわふわとした頭で、沙綾は職場の居心地が悪い現状を話し出す。

別れた元彼と浮気相手の女性も同じ職場なこと、沙綾が悪者であるという噂《うわさ》がひとり歩きしたせいで同僚から距離を置かれ仕事がやりづらいこと。

いっそのこと『こんな職場辞めてやる！』と啖呵《たんか》を切れればいいものの、沙綾はどうしても思い切れずにいる。

大学三年の冬、交通事故で両親を亡くして以来、ひとりで必死に生きてきた。

仕事を辞めてすぐに転職先が見つかればいいが、そう簡単にうまくいくとは思えない。

頼るべき両親がいない沙綾にとって、職がないのは死活問題だ。

しかし旅行代理店の業務は忙しく、働きながら就活をするのは、現実問題なかなか難しい。

「それならなおさら、俺とドイツに行こう」

「ドイツ……」

「居心地の悪い職場に見切りをつけて、俺と結婚すればいい」

それもいいかな、と、ぼんやりした頭で思う。

なにもかも一旦リセットするために、海外に行くという案は悪くない気がした。

それに、拓海と話しているのは楽しい。

頭のいい人は聞き上手だと言うが、拓海はまさにそれだと思う。

お酒の力も多分にあるが、一緒にいて心地いいと感じている。

「沙綾の最低な元彼と違って、俺は浮気はしない」

さらりと名前を呼ばれ、ドキンと胸が高鳴る。

その眼差しの中に誠実さを見つけようとしたけれど、彼は先程言っていたではないか。

「城之内さん、さっきご自分で『そもそも俺は恋愛に興味がない』って言ってたじゃないですか」

「そうだ。だからこそ契約結婚を提案したし、沙綾を妻にした以上、他の女は不要だ」

まるで自分だけを大事にしてくれるような言い回しをされ、契約上の話だとわかっているのに鼓動のリズムが速くなる。

「恋愛結婚じゃなかろうと、信頼関係を築くことはできるだろう。妻としての君の尊《そん》厳《げん》を傷つける真似は決してしない」

お酒のせいなのか、外交官らしい言葉巧みな彼の交渉術のせいなのか。拓海が望む方へ思考が揺らいでいく。

「不安なら期限を決めよう」

拓海はひと呼吸置いてから、真剣な眼差しで沙綾を見つめた。

「三年。ドイツへ赴任するのは三年の予定だ。その間だけ、妻として俺と一緒にいてくれないか」

「三年間だけ？」

「そうだ。その後どうするかは君の自由だ。もちろん、就職先や住む場所など、手助けが必要なら全面的にバックアップする」

恋愛はもういらないと思っていた。

恋人に裏切られるのはこりごりで、自分には大切な友人とミソノさえあればいいと本気で考えていた。

契約結婚を提案され、常識はずれだと思っていたけれど、目の前の拓海は、信頼関係を築こうとしてくれている。

仕事を辞めたくても辞められず、頼れる人もいない。

それならば、彼の提案に乗ってみるのもいいのではないか。

「俺は、君を裏切ったりしない」

その言葉が、引き金だった。

「よろしくお願いします」

ぺこりと頭を下げる沙綾を見て、拓海は目を細めて満足げに微笑んだ。

「よろしく、奥さん」

2．信頼関係で結ばれて

目が覚めると同時に、経験したことのないような頭痛に襲われた。

「い……ったいぃ……」

こめかみ付近の神経を纏めて雑巾絞りされているのではないかと思うほどキリキリと痛み、寝返りを打ちながら指先で耳の上あたりをぎゅっと押さえる。

すると、頬に当たった枕の感触がいつもと異なり、ここが自分の家の寝室でないことに気が付いた。

（あれ？　ここ、どこ……？）

痛みに顔をしかめながら必死に考えを巡らせていると、後ろからフッと笑った気配がした。

「目が覚めたか」

聞こえた声に、ギクリと身体が固まる。

恐ろしい予感が脳裏をかすめ、ゆっくりと肩越しに振り返ると、悲しいほど想像通り、拓海が同じベッドで横になっていた。

真っ白なバスローブから覗く逞《たくま》しい胸元が目に飛び込んできて、「ひっ」と小さく悲鳴を上げる。

それと同時に、昨夜の記憶が一気に脳内を駆け巡った。

バーで延々とミソノの魅力を語り、散々職場の愚痴を吐き、隣にいてくれる拓海に居心地のよさを感じて、気付いたら契約結婚に頷いていた。

そのままさらに飲み、フラフラになって自分の住所も言えなくなった沙綾を見かねて、拓海はホテルの最上階にあるインペリアルスイートルームを取ってくれた。

部屋に入ってからは眠気に勝てず、シャワーも浴びずにドレスだけ脱いでベッドに潜り込み、そのままぐっすり夢の中にダイブしたのだ。

すべて夢だったのかもしれないという一縷《いちる》の望みは、振り返って彼がいたことで絶たれてしまった。

「契約結婚って……」

こうして冷静になってみると、やはりあり得ないと思う。

亡くなった両親は、大恋愛の末結婚した仲のいい夫婦だった。

母の誕生日が結婚記念日で、毎年その日は沙綾そっちのけでふたりでお祝いをしていた。

そんな両親は、沙綾にとって理想の夫婦だ。

娘が愛のない契約結婚をすると聞いたら、彼らは一体どう思うのだろう。

やはり断るべきではないかという思いが首をもたげてくるが、酷《ひど》い頭痛が思考を遮る。

肘をついた手で頭を支え、沙綾の様子を見ていた拓海は、吹き出すように笑った。

「酔いつぶれて男と一緒のベッドで目覚めたのに、心配するのは契約結婚の方か。俺の妻は、案外肝《きも》が据わっているらしい」

「え?」

「いや、まあいい。言っておくが、結婚のキャンセルは聞かない」

沙綾がなにか言いたそうにしているのを先回りして制した拓海は、軽々と上半身を起こしてベッドから下りると、サイドテーブルに置かれていた薬の箱を差し出した。

続いて沙綾ものろのろと起き上がる。

こんなに二日酔いになるほど飲んだのは初めてだった。

薬を受け取ると、じっとこちらに視線を投げ続ける拓海を見つめ返す。

「あの……」

「君を妻としてドイツに連れていく」

その言葉と眼差しに息をのむ。

力強い瞳に囚《とら》われ、沙綾はやはり断るべきなのではという主張を手放してしまった。

拓海の黒曜石《こくようせき》のような瞳には、そうさせる力がある。

「それから」

拓海が男らしい節くれ立った長い指でこちらを差して、口の端を上げる。

「朝から眼福だが、今すぐ襲われたくないのなら、シャワーを浴びて着替えることを勧める」

指の先を視線で追って下を向くと、身につけているのは上下の下着のみというあられもない姿だった。

「きゃあっ！」

慌ててシーツを手繰り寄せて胸元を隠した沙綾は、昨晩の自分の醜態《しゅうたい》を呪うほど後悔した。

（私、最悪！　しばらくお酒は飲まない……！）

真っ赤になった顔をシーツに埋めて丸まっている沙綾を横目で笑い、拓海は広く豪華な寝室を出ていく。

「ちゃんと薬飲めよ」

ありがたい言葉を掛けられながらも、残された沙綾はしばらくベッドから起き上がれないでいたのだった。

＊＊＊

翌週の金曜日。

ロッカールームに入ると、シンプルな私服のワンピースから、制服の白いブラウスと黒のスカートに着替え、同じ黒のベストを羽織り、首元に薄紫が基調となったスカーフを巻く。

内側の鏡を見ながら髪が乱れていないかを確認し、リップを塗り直した。

「はぁ……」

ここ半年は仕事に来るのが憂鬱《ゆううつ》だが、今日のため息はそのせいではない。

気を抜くと、先週末のめまぐるしい展開が脳裏に浮かぶ。

あの日の朝、くるまっていたシーツから抜け出てシャワーを浴び終えると、拓海が手配してくれていた朝食をふたりで食べた。

バッチリ下着姿を見られて狼狽《うろた》える沙綾をよそに、拓海は平然と契約結婚についての取り決めをいくつか提案してきた。

『君を妻としてドイツに連れていく』

今もまだ耳に残る拓海の声を振り切るように、ぶんぶんと首を振った。

今日も仕事が目一杯詰まっている。

彼の真剣な眼差しや、滴るような色気を含んだ声音を思い出している場合ではない。

それに、今日こそ上司に退職の意向を伝えなくては。

忙しそうにしている周囲を見ると、どうしても仕事を辞めるとは言い出しにくく、まだ伝えられていない。

(よし、頑張ろう。今日を乗り切れば、明日は休みなんだし)

ひとり頷くと、店舗へ出ていくため大きく深呼吸をした。


沙綾が働いている『フォトツーリスト』は、パッケージツアーなどの企画から手配、販売までを自社で行い、他の旅行業者が企画したツアーも販売を請け負う中小旅行代理店だ。

大学での成績も優秀で、英語の他にドイツ語も話せる沙綾は、本来どんな大手旅行代理店からも引く手あまただったはずが、就活の時期に両親の事故が起こり、それどころではなかった。

深い悲しみから這《は》うようにして立ち上がり、なんとか決まった就職先がフォトツーリストだった。

この四月で三年目になる沙綾は、入社後一年間は添乗員として日本各地を飛び回り、去年から希望していたヨーロッパチームに配属となった。

大手と違い、明確に部署ごとに業務がわかれているわけではなく、チーム内でツアーの企画からプランニング、営業、販売まですべてをこなさなくてはならない。

添乗員時代、現地での客への気配りや、旅と旅の合間に書かなくてはならないレポートなども大変ではあったが、現在の忙しさはその比ではない。

ツアーの企画に通れば、販促物の作成に接客、航空会社との打ち合わせなど、とにかく仕事が多岐《たき》に渡る。

海外のホテルなどを手配するには当然英語が必要で、英語が得意な沙綾でも時差や文化の違いで行き違いも多々あり、なかなか骨が折れる作業だ。

接客をする中で個人客の旅行のプランニングなどを任されると、その仕事量はさらに増える。

定時に帰れた日などないに等しく、終電に駆け込んだ回数は数え切れない。完全なるブラック企業だ。

仕事の忙しさにかまけて恋人との時間が減り、浮気されてしまったのは半年前。

三年先輩である魚住雅信《うおずみまさのぶ》から入社してすぐに告白され、一度は断ったものの、熱意に絆《ほだ》されて頷き、約一年付き合っていた。

同じ職場で働いているため、互いにどれほど忙しいのかはよくわかる。

その頃、アウトセールスによく出ていた雅信は、沙綾の一年後輩の小山内《おさない》ひなのを、勉強のためだと言って連れて回っていた。

法人営業は決まれば大きいが、その分何十件と学校や会社を回り、担当者に会ってもらえるまで何度も足を運ばなくてはならない大変な業務だ。

なかなか契約が取れずにいたのも見ていたし、後輩の指導もしながらでは忙しさも疲労も段違いだろうと、あまり連絡を頻繁にしなかったのは沙綾なりの気遣いだった。

しかし、雅信はそうは受け取らなかったらしい。

あろうことか彼は後輩のひなのと外回り中にホテルへ行き、男女の仲になっていた。

『沙綾は俺がいなくても、仕事とミソノがあればいいんだろ？　ひなのちゃんは俺がいないとダメだって泣くんだよ。仕事だって英語だって、わからないから教えてくださいって、お前と違って謙虚だし』

というのは浮気男の言葉だ。

ツッコミどころが多すぎて、悲しみよりも呆《あき》れが先に来た。

確かに雅信は先輩ではあるが、英語は明らかに沙綾の方が話せた。しかし、それを鼻にかけてはいない。

それに仕事についても、沙綾は『旅行業務取扱管理者《りょこうぎょうむとりあつかいかんりしゃ》』や『旅行地理検定』、『観光英語検定』といった資格を取得するなど努力を怠らなかったのに対し、雅信は忙しいと愚痴は零《こぼ》しても、特に努力しているところを見たことがない。

ひなのに至っては、入社一年目の社員は義務であるはずの添乗員業務を、『旅程管理主任者』の資格が取れず、従事できなかった。

国家資格ではあるものの、二日間の丁寧な研修があり、合格率は九十八パーセントを超えるが、ひなのはわずか二パーセント側の人間だった。

それが許されたのは、フォトツーリストの社長の姪《めい》だからだそうだが、英語や仕事ができなくて『ひなのにはわからないから、吉川さんお願いしまぁす』と業務を丸投げされている沙綾にしてみれば、彼の言う〝謙虚〟とは一体なにを指しているのかと腹が立つ。

なにより、添乗業務に就かない代わりに外回りを覚えさせようとしていたはずなのに、それを利用してホテルに行くなど言語道断だ。

すぐに別れを切り出し破局したものの、ひなのがあることないこと騒ぎ立て、今や沙綾と雅信が別れたのは、汚部屋に住んでいるワーカホリックの沙綾が、気のない雅信に結婚を迫ったからだというまったくのでまかせが職場に蔓延《はびこ》っている。

浮気の証拠である日時の入ったホテルの領収書の写真は撮ってあるため、会社に言おうとも考えたが、これが雅信のものだと証明しようがないと思い、結局なにもできずに今に至る。

沙綾は先程一緒に旅行のプランを立てた五十代の夫婦のための航空券やホテルの手配を済ませると、グッと背中を反らせて伸びをした。

結婚三十周年のお祝いに、九月にドイツで二週間のバカンスを楽しむそうだ。

半年も先の予定を組みに来るなんて、ワクワクしすぎていてはずかしいと語っていた奥様がとても可愛らしかった。

素敵な旅行になるよう、念入りな下調べをして提案したプランを気に入ってもらい、すべて任せると言ってもらえた。

こういう時、忙しくても頑張ってよかったと嬉しさを覚える。

フォトツーリストは接客カウンターの奥にオフィスがあるタイプの作りで、まもなく店舗の営業時間は終了となる。

沙綾は後ろのデスクでネイルをいじっているひなのに声を掛けた。

「小山内さん。時間だから受付終了の札を出してきてくれる？　店頭にお客様がいないのを確認してね」

新入社員は皆添乗業務にあたるため、店舗にいるのは今年二年目になる社員が一番後輩となる。

そのため、雑務は基本ひなのや彼女の同期がやる仕事なのだが、一向に動かないため仕方なしに指示を出した。

「えぇー？　気付いたなら吉川さんが行ってきたらいいじゃないですかぁ」

まるで社会人とは思えない口調や態度だが、一年も彼女と職場を同じにしていれば、否が応でも慣れてしまう。

「そういう問題じゃないでしょ。与えられた仕事は、どんな雑用でもきちんとこなさないと」

「もぉ、そういうお説教は聞き飽きたんですけどぉ。あ、定時。ひなの、このあとデートなんですぅ。吉川さんと違って、プライベートの方が忙しいんでぇ」

「定時だからって……。わかった。札を出したら帰っていいから、ちゃんと仕事はして」

「やだぁ吉川さん、怖ーい。まだチーフと別れたの恨んで、ひなのに意地悪する気ですかぁ？」

呆れを通り越し、諦めた沙綾の言葉を遮り、甲高い声が職場内に響き渡る。

上司や同僚は社長の姪である彼女と関わり合いになりたくないのか、誰も注意をしようとせず、すべて見て見ぬフリだ。

それは今だけでなく、この半年間ずっと。

そこに「なんの騒ぎだ」と、今年からヨーロッパチームのチーフとなった雅信が現れた。

「あの……」

「うるさくしてすみません、チーフぅ。吉川さんに、定時に帰るなって怒られてましたぁ」

沙綾が説明するより先に、ひなのが上目遣いで雅信に言い訳をする。

とんでもない端折り方にため息をつきたくなるのをグッとこらえて反論しようとするが、さらにひなのが言葉を続けた。

「ひなのがこれからデートだって言っちゃったから、吉川さん、きっとショックで意地悪しちゃったんだと思います。ごめんなさぁい」

流れてもいない涙を拭いながら、さも反省しているかのように殊勝《しゅしょう》に肩を落としているひなのに対して、もはやここにいないで女優にでもなればいいのにと思う。

「吉川」

「……はい」

「仕事にプライベートを持ち込むのはやめてくれ。定時で帰るのが悪だなんて風潮はよくない。それどころか、残業しなくてはならない効率の悪さを改めるべきだ」

(……ダメだ。もう限界)

自分より年下の世間知らずな女の子相手なら、なにをどう言われてもある程度受け流せる。

孤立状態にあるのは居心地が悪くはあったが、職場にはあくまで仕事をしに来ているのであって、馴《な》れ合いを求めているわけではない。

しかし、上司である雅信が一方の言い分だけを聞き、必死に仕事をしているこちらを糾弾《きゅうだん》するのであれば、話は違ってくる。

そもそも、外回り中に浮気をしていた人が『仕事にプライベートを持ち込むのはやめてくれ』だなんて、どの口が言うのか。

沙綾は泣きたい気持ちを押し殺し、雅信に向き直った。

「チーフ、お話があります」

「突然ではありますが、六月いっぱいで退職させていただきたいんです」

「なんだ」

「……なんだって？」

怪訝な顔をしている雅信に、沙綾はできるだけ毅然《きぜん》とした態度で続けた。

「結婚が決まって、夫についていくことになったんです。急で申し訳ないですが、引き継ぎの打ち合わせのお時間をいただけますか」

自分で発した〝結婚〟や〝夫〟というワードにそわそわする。

本当にあの拓海と結婚してドイツに渡るのかと、沙綾自身まだ半信半疑だった。

それでも退職するならばひと月以上前に申告しなくては職場に迷惑がかかる。

そう思っているところに、人を小バカにするような笑い声が聞こえる。

「きゃははは！　やだぁ吉川さん！　いくらなんでも寿退社なんて、嘘《うそ》が大きすぎません？　妄想の中の彼氏ですかぁ？」

本当に可笑しそうにケラケラ笑うひなのに釣られたのか、雅信も半笑いで沙綾を見やった。

「俺に叱《しか》られたくらいで退職を仄《ほの》めかすなんて、お前にも案外可愛いところがあったんだな」

「あー、ちょっとチーフぅ。吉川さんを可愛いだなんて、聞き捨てならないんですけどぉ？」

「いや、言葉の綾だろ。ほら、吉川。バカを言っていないで、せっかくの週末だ、たまには定時に上がったらどうだ？　仕事のしすぎで疲れてるんだろう」

「ふふふっ。吉川さんに週末の予定があるなら、ですけどねぇ」

（私、どうしてこんな職場で半年も我慢してたんだろう……）

頼れる親族がいない現状が、転職に二の足を踏ませていたのは事実だ。

それとは別に、ひなの以外は定時退社できないほど社員みんなが忙しくしている職場で、自分が退職したらこの店舗は回らないのではないかと、気を遣ってなかなか言い出せないでいた。

実際、ヨーロッパチームは五人編成だが、毎月売上の四割は沙綾が占めている。

しかし、そんな気遣いは無用だった。

仕事をしなくても許される社長の姪っ子、彼女を注意すれば一方的にこちらを責める上司、それを黙認し誰もなにも言えない同僚たち。

（……もういい。お父さんとお母さんだって、この職場にいるよりは、城之内さんとの契約結婚の方を選べって言ってくれるはず）

沙綾は先週末の拓海のセリフを思い浮かべた。

『居心地の悪い職場に見切りをつけて、俺と結婚すればいい』

今なら、あの提案に迷いなく頷ける。

逃げかもしれない。でも、逃げでもいい。

ここではないどこかへ行けるのなら、契約結婚でもなんでもしてみせる。

「あ、すみません。本日の営業は終了しておりまして……」

店舗から聞こえてきた声で我に返った。

結局誰も受付終了の札を出さなかったせいで、客が来店したのだろうか。

ついカッとなってみんなの前で退職の話をしてしまったけれど、本来なら会議室などで話すべき内容だ。

沙綾が感情的になった自分に反省していると。

「いえ、すみません。客ではないんです。婚約者の職場にご挨拶をと思いまして、閉店の時間を待たせてもらっていました」

聞こえてきた艶のある低音ボイスに、ハッと息をのむ。

週末から、ずっと彼の声が耳から離れなかったのだ。間違いない、拓海だ。

「吉川沙綾はまだこちらに？　彼女の上司にも、急な退職のお詫《わ》びをと。事前の連絡もなしに申し訳ありません」

カツカツと革靴の音が近付いてくる。

低姿勢な言葉とは裏腹に、誰の案内もなく店舗を突っ切り、奥のオフィスまで歩みを進める拓海だが、それを咎《とが》める声は上がらなかった。

女性社員などは、彼の抜群の容姿にうっとりと見とれている。

それは、沙綾の目の前で雅信にシナを作っていたひなのも例外ではなく、真っ先に拓海のそばへ飛んでいった。

「いらっしゃいませぇ。今日はどういったご要件で？」

自分が一番可愛く見える角度を熟知したひなのが、小首をかしげながら上目遣いに拓海を見る。

「素敵なスーツですねぇ！　めっちゃ似合ってますぅ」

普段接客をしない、ひなのなりのセールストークなのだろう。

そんな彼女を歯牙《しが》にもかけず綺麗に聞き流すと、沙綾に向かって微笑んだ。

「迎えに来た。退職の話はできたか？」

相手を愛おしいと思う感情をまるで隠しもしない表情で話しかけられ、驚いた沙綾はただ棒立ちになって小さくコクコクと首だけを動かした。

「よかった。君の上司に、俺からもひと言あるべきかと思ってね」

「あの、わざわざそんな……」

「急に優秀な社員を退職させて攫っていくんだ。謝って然るべきだろう？」

大学時代から、拓海はどちらかというとポーカーフェイスで、あまり感情を見せる方ではなかった。

そのため冷たそうな印象を抱かれがちだったし、先週のパーティーでも、女性に対してにこやかに対応していたとは言いがたい。

それなのに、この取ってつけたような甘い態度は一体どういう風の吹き回しなのだろう。

沙綾が彼の真意を図りかね、困ったように眉尻を下げていると、会話の蚊帳《かや》の外に出されて納得のいかないひなのが、口を尖らせて抗議する。

「あの！　このイケメン、吉川さんの知り合いですか？　ひなのが最初に話しかけたのに、ちゃんと聞いてました？　無視とか酷いんですけどぉ」

責めながらも甘ったるい語尾は変わらず、沙綾の中に拒絶感が湧いた。

拓海に対し、そんな風に近付いて話してほしくない。

自分の心の声に気が付き、もうすでに彼の妻気分でいるのかと自嘲《じちょう》する。

「君は？」

「やっとこっち向いてくれたぁ！　小山内ひなのです。吉川さんと同じチームでぇ」

「あぁ、やはり君か。沙綾の出来の悪い後輩というのは」

さりげなく腕に触れていたひなのの手を振り払うと、拓海は続けた。

「君には礼を言わないと。沙綾のような魅力的な女性と付き合っていながら、後輩をホテルに連れ込むような最低な男を引き取ってくれて」

「えっ……」

「あぁ。沙綾の名誉のために言っておくが、彼女が君や浮気男の悪口を言っていたわけではないよ。客観的事実を聞いた俺が、そう思ったというだけだ」

先週末、お酒を飲みながら職場の愚痴を聞かせた覚えはあるが、ところどころ記憶が曖昧《あいまい》で、どんな風に話したのか想像もできない沙綾はとても気まずい。

一方ひなのは、まさか目の前の極上の男が、自分に見向きもしないで沙綾を褒めるとは思わず、顔を歪《ゆが》めて笑った。

「吉川さんなんて、ただ偉そうに英語喋《しゃべ》って仕事するくらいでしょ？　女としての魅力なんてないんだから、浮気されたってしょうがないっていうかぁ」

「一年も付き合って沙綾の魅力に気付かないなんて、その男、余程能なしなんだろうな。まぁ君を選ぶくらいだ、似合いなんじゃないか」

「ちょっとぉ、どういう意味⁉」

ぎゃあぎゃあ騒ぐひなのをよそに、ここまで拓海の登場に知らぬ存ぜぬを決め込んでいた雅信だが、さすがに彼の言葉にプライドが傷ついたのか、沙綾をギロリと睨んできた。

「お前、結婚するって、この男と……？」

「ええ、まぁ」

あまりにも華麗にふたりを攻撃する拓海に呆然としていた沙綾が、間の抜けた声で返事をすると、雅信が急に大声を出した。

「ふざけるな！　なにが急に決まった結婚だ！　お前、俺と付き合ってた頃からこの男と浮気してたんだろう！」

突然怒鳴られ身体がビクッと竦むが、そんな沙綾の肩をそっと支えるように寄り添う体温に安心する。

隣を見上げれば、いつの間にかそばに来ていた拓海が、しっかりと視線を合わせて頷いた。

まるで守られているかのように感じられ、ひとりでに頬が赤らむ。

わざわざ約束もしていないのに職場まで来てくれたのは、こうして謂《いわ》れなき中傷から守るためだなんて、自惚《うぬぼ》れすぎだとわかっている。

単なる契約結婚。外国語が多少話せるのなら誰だっていい、お飾りの妻。

それでも隣に立ってくれているだけで、自分はひとりではないと思えて、戦える。

契約結婚でも、信頼関係は生まれる。あの日、彼が言っていた通りだ。

(私は、私を裏切らないと言ってくれた城之内さんを信じる)

沙綾は拓海に頷き返すと、半年前までは好きだと思って付き合っていた男に視線を戻した。

「なにを根拠にそんなデタラメを仰《おっしゃ》るのかわかりませんが、結婚は事実です。退職の手続きと引き継ぎを」

「認めない！　俺と別れても涙ひとつ見せずに平気で仕事してた女が結婚なんかできるわけないだろ！　今お前がもってる案件がすべて済むまで退職なんてさせないからな。お前が抜けたらヨーロッパはどうなる！　チーフになった矢先に売上を落とさせる気か！」

「そんな勝手な」

「それでも辞めるというのなら、退職じゃなくて懲戒解雇《ちょうかいかいこ》にしてやるから。知ってるだろう？　彼女は社長の姪だ。お前ひとりの処分、俺たちのひと声でどうにだってできるんだ」

職場だということも忘れて怒鳴り散らす雅信に、沙綾は怒りと悲しみ、憐《あわ》れみが混ざりあった複雑な気分になる。

すると、拓海は顔をしかめながら「本当に、思っていた以上だな」と呟くと、おもむろにポケットからスマホを取り出した。

「今までの会話を録音していた。退職を希望する社員を脅してそれを阻止するのは、明らかな違法行為だ」

「な……ろ、録音……？」

「ちなみに、カウンターにまで聞こえていた俺の婚約者をバカにするような発言もすべてだ。この音源は厚労省の労働基準監督署にでも送っておこう。近々監査が入るだろう」

急な不遜な態度と、監査という穏やかではない単語に、雅信だけでなく周囲で様子を窺《うかが》っていた社員たちにも動揺が走る。

「か、監査って、なにをオーバーな……」

「今の厚労省は、とにかくブラック企業の撲滅に力を入れている。仕事をしなくても優遇される社員、部下の話を聞かず、一方的に責めるしかできない上司、それを咎める人間がひとりもいない現場。どれだけ残業をしていたのかは知らないが、労基署の監査の結果次第ではまぁ、数日間の営業停止は免れないな」

「そ、そんな誰が話してるのかわからない音源ひとつで、厚労省が簡単に動くはずが……」

「言い忘れていたが、ブラック企業の撲滅を政策に掲げている厚労省の事務次官は、俺の父だ。身内贔屓で申し訳ないが、父は有能な男でね」

沙綾は目を見開いて拓海を見上げた。

今までの会話を録音していたのはもちろん、閉店間際に店内にいたというのにも驚いた。

その上、拓海自身もキャリア外交官で、父親は厚生労働省の事務次官だという。大臣の職務を近くで助ける、キャリア官僚の中でも最高位だ。

とんでもない優秀な家系だと、今初めて知った事実に戸惑う。

そんな家柄の拓海の妻が、契約で結ばれる自分でいいのだろうかと、何度目かの迷いが沙綾の中に生じたが、それを吹き飛ばすように拓海が言葉を放った。

「俺は、自分の妻となる女性を侮辱されて黙っている男じゃない。利用できるものはコネだろうとなんだって使う。この音声を聞けば、どれだけ社内環境が悪いかは自明だ。覚悟しておくんだな」

沙綾は、雅信を鋭く睨みつける横顔を見上げた。

契約上の妻である自分のために、父親の話まで出して守ってくれた拓海に、鼓動がうるさいほどドキドキと高鳴っている。

拓海の行動は恋愛感情から来るものではない。そうわかっているのに、意識してしまう自分が情けない。

社員たちが「やばくないか?」「俺らまでなんか罰があったりすんのかな」と焦っている中、拓海に人事部の場所を尋ねられた。

「あ、このフロアは店舗と実務オフィスなので、人事や経理などの事務オフィスは隣のビルに」

「そうか。ここじゃ話にならない。直接上に掛け合おう。まだ有給は残ってるか?」

「はい、丸々。忙しくて使う暇もなかったので」

「それなら、退職までもう出勤する必要はないな。荷物をすべて纏めて着替えてこい」

沙綾は潤みそうになる瞳にぎゅっと力を入れて頷くと、奥の更衣室で制服から私服に着替え、デスクに戻って黙々と片付け始める。

元々私物を置いていなかったため、必要なのは仕事上の資料の引き継ぎのみ。

それも沙綾の性格上、日付と地域ごとに綺麗にデータ上でフォルダ分けされている。

退職の話をできなかった月曜日からの五日間で、受け持っているすべてのツアーや個人客のプランの引継ぎ書を作成していた。

(私が辞めることで、お客様に迷惑をかけるわけにはいかない)

誰が引き継いでも大丈夫なように詳細に作った資料をすべて纏めて雅信との共有フォルダに保存すると、パソコンの電源を落とした。

「終わりました」

「あぁ。行こうか」

拓海の手が背中に添えられ、二度と訪れることはないであろう社内を見回す。

一年目はほぼ現地にいたため、このオフィスで仕事をしていたのは約一年。その半分を嫌な思いをして過ごしたため、感傷に浸るほどの思い入れもない。

「お、おい、沙綾……待ってくれ。監査なんて入ったら、俺は……」

「引き継ぎの資料は共有フォルダに入れておきました。誰に割り振るのかは、チーフにお任せします」

「そんな……あんな大量の案件、誰も……」

蒼白《そうはく》になる雅信を見ても、沙綾の心は動かなかった。

「外回り中に〝休憩〟する余裕のあるあなたなら、彼女が抱えていた案件くらい、残業せずに効率よくこなせるんだろう？」

拓海の言葉に、雅信がグッと言葉に詰まる。

「お世話になりました」

沙綾は一礼すると、振り返らずに会社をあとにした。

「ありがとうございました。結局、人事部にまで付き合わせてしまってすみません」

店舗から出たその足で、隣のオフィスにある人事部へ行き、退職の手続きをすべて終えてきた。

当然沙綾がすべて自分で話すつもりだったが、拓海はまず会社の重役を呼ぶように人事に掛け合い、やってきた彼らに先程の音声を聞かせた。

それから、丸一ヶ月分残っていた有給休暇を消化した上で沙綾の退職を認めさせ、ひなのの伯父である社長からの謝罪まで求めた。

雅信はもちろん、ひなのにもなんらかの処分が下るだろうが、もうどうだっていい。

これで、すべて終わりだ。

「当然だ。妻を守るのは夫の義務だからな」

それは恋愛結婚ではなく、契約結婚でも当てはまるものなのか、沙綾にはわからない。

しかし、ようやく退職した今、いよいよ拓海と結婚するのだという実感が湧いてきた。

胸の奥がむず痒《がゆ》く、妻と呼ばれ見つめられると、なぜか居心地が悪い。

「あ、あの、城之内さん……」

「拓海」

「え?」

「夫婦になるんだ。そろそろ名前で呼んでくれてもいいだろう」

そう言われ、近い将来、自分も〝城之内〟になるのだと思い至り、ふいに顔が熱くなった。

そんな沙綾を見下ろしながら、拓海は優しげに目を細めて、ぽんと大きな手を彼女の頭に乗せた。

「今まで、あの場所でよく耐えたな」

「た、拓海、さん……」

「君はこれまでひとりで頑張ってきたんだ。これからは、俺がそばにいる」

思いがけない言葉を掛けられ、じわりと目頭が熱くなる。

（あ、やばい……）

ずっと堪《こら》えていた感情が決壊し、涙となって溢《あふ》れてきそうだった。

こんな往来で泣き出すなんて、きっと拓海を困らせてしまうに違いない。

焦って俯《うつむ》いた沙綾は、泣き顔を見られまいと唇を噛み締める。

すると、手首をグッと引っ張られ、拓海の胸へ飛び込む形で抱きしめられた。

「あっあの……」

「泣きたいなら泣けばいい。そして、すべて忘れろ」

ぶっきらぼうな言葉だが、拓海の腕の中は温かく、声音は穏やかで余計に泣けてくる。

「君にはもっと相応《ふさわ》しい居場所があるはずだ」

幾筋《いくすじ》もの涙を零しながら、沙綾はその優しさに甘えることにした。

（相応しい居場所を、見つける努力をしよう。それはきっと、この人の隣ではないけれど……）

三年。それは拓海が言い出した契約結婚の期限だ。

日本に帰国したその後は、きっと周囲にはなにか理由をつけて離婚を報告し、別々の道を歩むのだろう。

その時になったら、ゆっくりと新しい自分の居場所を見つけていけばいい。それまでは、彼の妻として、精一杯役に立てるように努力しようと思った。

彼が妻を守るのが夫の義務だと言うのなら、夫を支えるのが妻の義務だ。

沙綾は拓海に抱きしめられたまま、三年間だけ、彼の妻となる覚悟を決めた。

3．ドイツでの幸せな新婚生活

拓海の勤める在ドイツ日本国大使館は、首都ベルリン中心部のミッテ区に位置する。有事の際すぐに駆けつけられるように、住居は指定の区域が決められており、沙綾と拓海は緑豊かなティーアガルテンに程近いアパートを新居に選んだ。

ティーアガルテンはブランデンブルク門の西側に東西約三キロに渡って広がる森のような公園で、北端にはベルビュー宮殿、現大統領官邸がある。

ベルリン屈指の観光地であり、地元の人々の憩いの場でもある。

アパートはテーマパークの城のような重厚な外観で、六階建ての最上階の部屋からは、朝から園内をジョギングする人の姿も見られた。

３ＬＤＫの間取りで、各個室はこぢんまりしているものの、リビングダイニングが大きく取られていて、天井の高さも相まってとても広く感じる。

家具家電付きの物件を手配していたため、引っ越しは自分たちの身の回りのものだけで済み、片付けも大した手間ではなかった。

そのため、初日から手持ち無沙汰になり、沙綾はふたりきりの空間にドキドキする羽目になった。

夫婦とはいえ当然寝室は別。夜の夫婦生活もなし。

対外的には夫婦のフリをするので軽い身体接触はあるものの、家の中では夫婦ではなくルームメイト。

生活費の一切を拓海が出す代わりに、沙綾が家事を一手に引き受ける。

日本にいる間にふたりで決めた契約結婚の条件は、ドイツに来て一週間経った今も守られている。

「さぁ、今日は一日どこにでも付き合う」

七月となれば日本ではうだるような暑さが続くが、ここドイツでは湿度が低いためか、日陰に入れば涼しく感じる過ごしやすい気候だ。

来週から本格的に仕事が忙しくなる拓海が、「こっちに来る前に観た舞台の〝聖地巡礼〟とやらがしたいんだろう。一緒に行こう」と昨夜提案してくれた。

驚いた沙綾だったが、これから三年間、契約上とはいえ夫婦として生活していくのだ。

一緒に出かけ、よりお互いを知って親交を深めるのは悪いことではないと、好意的に受け取り頷いた。

拓海は契約結婚を持ちかけてきたが、入籍せずに〝事実婚〟という形を取るつもりでいたらしい。

恋愛は諦めていたものの、両親のような仲のいい夫婦に憧れがあった沙綾は、彼らのように誕生日を結婚記念日にしたいと、自分の誕生日である十月に入籍しないかと提案した。

拓海は紗綾の戸籍にバツがつくのを気にしていたが、両親の話を聞かせ、期間限定ではあるけれど夫婦としてうまくやっていきたいと思っている心情を明かすと、彼は同意してくれた。

沙綾が聖地巡礼の最初の地に選んだのは、和解のチャペル。

かつて東西の境界線があった場所に建てられたチャペルで、壁の犠牲になった人々を弔《とむら》う礼拝堂だ。

メインの観光場所であるブランデンブルク門やイーストサイドギャラリーからずっと北に位置する場所で、近くにはベルリンの壁ドキュメントセンターもある。

「最初に見る場所がここでいいのか？」

「聖地巡礼なんて言ってますけど、実際にあった歴史の中の悲劇ですから。まずはちゃんと学んで、追悼《ついとう》してから観光を楽しもうかなって」

沙綾の言葉を聞き、拓海は一瞬驚いて瞳を大きく見開いてから、優しく微笑んだ。

「いいな、その考え方」

「え？」

「歴史を知ると、よりその国に対する思いが深くなる。沙綾のアテンドするツアーは人気だっただろうな」

「そんな大層なものでは……」

急に褒められたのが照れくさくて、沙綾は俯きがちに足を進めた。

展示をしっかり見た後、電車と地下鉄を乗り継ぎ、チェックポイント・チャーリー博物館、通称『壁博物館』へ向かった。

ベルリンの壁を越えるために実際に使った手製の車の展示や、失敗して射殺されてしまった人々の苦労や悲劇が、生々しく伝えられている。

沙綾はそれらを興味深く見ながら、日本を発つ二週間前に観劇した夕妃の主演舞台を思い出した。

聖園歌劇団で上演された『隔たれた恋人たち』は、西ベルリンに住む優れた暗号学者アンドレアスが、東ドイツの秘密警察『シュタージ』からの招致を断るところから物語が始まる。

シュタージの怒りを買った彼は、恋人であるエリスを西側に残したまま、東側へ拉致される。

アンドレアスは表向きはシュタージに協力をし、様々な暗号を解読しながらも、西側へ脱出する機会を窺っていた。

そんな中出会ったのは、秘密警察に属しながらも、言論統制など厳しい監視下に置かれる東ドイツへ疑問を抱いていたレニー。

彼と友情を育み、一緒に西側へ行こうと計画を立てたアンドレアスだが、脱出は失敗に終わり、レニーはシュタージによって射殺されてしまう。

失意に陥るアンドレアスだったが、それでも希望を捨てなかったのは、エリスの存在があったから。

『何年、何十年かかったとしても、俺はこの壁を壊してみせる』

その宣言通り、東側に拉致されて五年後、アンドレアスは多くのデモ参加者とともに壁を壊し、ブランデンブルク門を東側から西側へと通行した最初の人物となった、という歴史と恋愛が見事に絡み合った名作舞台だ。

芝居の終盤、アンドレアスがブランデンブルク門を通り、西側で待っていたエリスと抱き合う場面では、ドイツを代表する作曲家、ブラームスの交響曲第一番が高らかに流れてくる。

沙綾はそのシーンで、身体中の水分が瞳から流れ出たのではと思うほど、滂沱《ぼうだ》の涙を抑えきれなかった。

当然舞台はフィクションではあるが、実際にこうしてその時代を生きた人々の痕跡《こんせき》を目の当たりにすると、胸に込み上げてくるものがある。

「こういった悲劇を二度と生まないために、真摯に職務に取り組み、常にアンテナを張っておくべきだな」

同じく展示を食い入るように見ていた拓海が、自分自身に言い聞かせるように呟く。

真剣な表情に外交官としての使命感やプライドが垣間《かいま》見え、沙綾の鼓動がドキンと跳ねた。

その後、境界監視塔や、ホーネッカーとブレジネフのキスを描いた有名な壁画のあるイーストサイドギャラリーを見てから、今日の最大の楽しみであったブランデンブルク門へやってきた。

「ここです！　ここでエリスが待っていて、向こうからアンドレアスが来るんです！　壮大な交響曲が流れる中、完全にふたりの世界でぎゅーっと抱きしめ合うんですよー！」

古代神殿風の作りの大きな門へ、沙綾はぴょんぴょんと飛び跳ねるように近付いていった。

あの場面を思い出すだけでも興奮が止まらない。

観劇した日の夜、疲れているであろう夕妃本人にも電話で三十分は観劇の感想を語り、『明日も舞台だから悪いけど寝かせて』と呆れられたほど。

「『たとえ何度高い壁に阻まれたとしても、君への愛は永遠に潰えることはない』っていうセリフが、本当にカッコよすぎて！」

そして、エリスは言うのだ。

「『あなたが壊してくれた壁の向こう側の景色を、私は一生忘れないわ……！』」

舞台のクライマックスのセリフを口にしてはしゃいでいた視界に、こちらを驚いたような顔でじっと見つめている拓海が映る。

「はっ……！　す、すみません。興奮しすぎて、私ってば、はしゃぎすぎてますよね……」

拓海の視線に我に返り、冷静になった沙綾は、首筋まで真っ赤になった。

ミソノの話題になると、ついオタク感丸出しで周りが見えなくなる。

（やってしまった。ひとりで来てるわけじゃないのに。拓海さん、絶対に引いてる……）

沙綾が羞恥心に苛《さいな》まれ、両手で顔を覆っていると、拓海は「いや、可愛いなと思っただけだ」と笑い、自身の両腕を沙綾に向けて開いてみせた。

「えっ……、え？」

「こういう聖地巡礼は、同じ場所で同じことをするのが醍醐味《だいごみ》じゃないのか？」

ぽかんとした表情で首をひねったまま、沙綾は拓海を見上げる。

（それって……）

近付いてきた拓海にオロオロしてる間に、長い腕でぎゅっと包み込まれた。

「あっ」

急な抱擁《ほうよう》にパニックになり、やり場のない手が身体の横でぱたぱたと彷徨《さまよ》う。

「『ふたりの世界でぎゅーっと抱きしめ合う』だったか？　それなら、沙綾も俺の背中に手を回さないと」

フッと耳元で笑った吐息が耳朶《じだ》を擽《くすぐ》る。

「そ、そんなこと、言われても……」

こうして抱きしめられたのは、退職時に沙綾が泣いたのを慰《なぐさ》められた時以来。

どちらも恋や愛といった感情が含まれているわけではないのに、心が勝手にときめいてしまう。

（拓海さん、なんだか距離感が近い。恋愛に興味がないって言ってたのに、実はすごいタラシなんじゃ……）

沙綾がどう返せばいいのかわからずに狼狽えていると、拓海がさらに追い打ちをかけてくる。

「キスシーンは？　なかったのか？」

「え？」

沙綾は抱きしめられたままという状態を意識しないよう、必死に頭を働かせた。

主役のふたりはしっかりと抱きしめ合った後、ゆっくりと自然に顔を寄せ合い、唇が触れ合う直前で舞台の幕が下りる。美しく余韻のある素晴らしいラストシーンだ。

そう告げようとしたところで、ハッと気付いた。

（それを言ったら、キスしてほしいみたいじゃない……？）

「な、なかった、なかったです」

「嘘だな」

「嘘じゃないですよ、本当にっ」

「本当に？」

背中に回された腕が緩み、額が合わさるほど至近距離で視線が重なる。

「沙綾」

名前を呼ばれると、吸い寄せられるようにその瞳から目が離せなくなり、心臓の音が聞こえてしまうのではと思うほど鼓動が暴れている。

「あ、ありました……」

「ハハッ、ほら見ろ」

初めて見た弾けるような笑顔が、沙綾の心の中に焼き付いた。

（そんな無邪気な笑顔するなんて、ずるい……）

きっと沙綾がなぜ嘘をついたのかまでお見通しなのだろう。

「も、もうっ！　からかわないでください」

小さくもがいて囚われていた腕から抜け出ると、慌てて背を向ける。

拓海は笑いを噛み殺しながら沙綾の手を取った。

「拗《す》ねるなよ。ほら、行くぞ」

ぎゅっと握られて、また胸が高鳴る。

（ダメ、恋はしないって決めた。だからこその契約結婚なんだから……）

それでも沙綾は手を振りほどけず、この日はずっと手を繋いだまま過ごしたのだった。

＊＊＊

ドイツで暮らし始めて二ヶ月。九月はかなり気候が安定し、過ごしやすい日々が続いている。

突拍子もないと思っていた契約結婚生活は、沙綾の思い描いていた以上に楽しく快適だった。

元々言葉に不自由しないのはわかっていたが、職場のストレスから解放されたのはもちろん、拓海との同居生活はとても居心地がいい。

聞いていた通り、毎日忙しくしている拓海は、朝早くに出勤し、帰宅も遅くなることが多い。

それでも沙綾に対する気遣いは忘れず、家事に対する感謝も言葉にしてくれるし、休日には国内観光に付き合ってくれたりもした。

今月末には、少し遠出して、ミュンヘンのオクトーバーフェストに行こうと約束もしている。

たまにからかうような言動にドキドキさせられるものの、それも嫌ではない。

むしろ、本物の新婚夫婦のようだと内心嬉しく感じていた。

しかし、今日ばかりはかなり緊張している。

「ほ、本当に大丈夫でしょうか……」

「挨拶と世間話に対応してくれれば、あとは俺の仕事だ。そんなに緊張しなくていい」

拓海の言葉に頷きながらも、沙綾の心臓は早鐘を打っている。

ふたりがやってきたのは、在ドイツ大使公邸。

拓海の所属する大使館のトップにあたる黒澤《くろさわ》大使が主催のレセプションパーティーに、夫婦揃《そろ》って出席するためだ。

沙綾にとって〝外交官の妻〟として初めて人前に出る機会で、参加者を聞けば、ニュースで聞いたことのある政治家の名前が大勢あがり、これは大変だと大慌てで勉強を始めたのが二週間前。

主賓である日本とドイツの各外務大臣をはじめ、『独日友好議員連盟《どくにちゆうこうぎいんれんめい》』所属の大物議員、さらにはドイツのメガバンクの頭取や大企業のCEOなどの顔とプロフィールを頭にたたき込み、この日を迎えた。

「沙綾が着物を着られたとはな」

まじまじと全身を見つめられ、沙綾は肩を竦めて微笑んだ。

「これもミソノファンだからですけどね」

沙綾が初めて聖園歌劇団を見たベルリン公演の際、団員たちは色とりどりの袴姿《はかますがた》で飛行機から降り立つ姿がニュースになっていた。

幼心に日本らしい和装に心惹かれた沙綾は、帰国後、着付け教室に通い、今ではひとりで着物を着られる。

ドイツでパーティーなどの機会が多いと聞いていた沙綾は、成人式で着用した振袖の袖を切って訪問着に直したものと、もう一着、格式高い場に呼ばれてもはずかしくないように、貯金をはたいて三つ紋の色留袖を購入し持ってきていた。

今日は白藍と呼ばれる淡い水色の生地に、袖と裾部分に扇柄の入った色留袖を着ている。

「綺麗だ」

「ありがとうございます。ちょっとお高くて迷ったんですけど、やっぱりこの色合が綺麗ですよね」

「着物もだけど、沙綾が」

熱い眼差しで見つめられ、緊張で負荷がかかっていた心臓がさらに悲鳴を上げる。

「あ、ありがとう、ございます。あの、拓海さんも、素敵です」

「Danke」

光沢のあるパーティースーツを着こなす拓海は、体格のいいドイツ人と並んでも見劣りしないほどカッコよく、周囲の人々の目を惹く。

沙綾の白藍色の着物に合わせて、胸元のチーフは同系色の青を選んでいるのが、なんとも擽ったい。

「変な男に声を掛けられても無視しろよ」

「こんな場所に変な人なんていませんよ。見てください、すごい警備の数」

「……そういう意味じゃないんだが。まぁいい、行こう。まずは黒澤大使のところからだ」

「はい」

腰に手を添えられ、沙綾は背筋をピンと伸ばす。

拓海はこういったレセプションのために沙綾を結婚相手に選んだのだ。失敗するわけにはいかないと気合を入れた。

まもなく還暦を迎えるという黒澤大使に続き、訪独している外務大臣や大臣政務官に挨拶を済ませると、続いてドイツの要人たちとも交流を図る。

パーティーの開始から二十分ほど経った頃、黒澤大使が拓海に引き合わせたい人物がいると声を掛けてきた。

「申し訳ないね。不安なら家内をそばに寄越そうか」

黒澤大使の気遣いに恐縮しつつ、沙綾はにこやかに微笑んだ。

「いいえ、お気遣いありがとうございます。ギャラリーなどを拝見して、楽しませていただきます」

仕事の邪魔にならないよう拓海にも頷いてみせると、彼は意外なほど心配げな顔をしながらこちらを見ていた。

「そうか、ぜひ食事も楽しんでいくといい。では、城之内くんをしばらく借りるよ」

「はい」

「悪い、沙綾。いってくる。本当にひとりで大丈夫か？」

「大丈夫ですよ、いってらっしゃい」

「随分心配性なんだな。君が愛妻家だなんて意外だ」

可笑しそうに笑う黒澤大使に、拓海は「新婚なので」と事もなげに答えている。

「ようやく君が結婚する気になったと、日本の上司もホッとしたんじゃないか。泣いた女性は多そうだが」

「さぁ」

談笑しながらホールの奥へ向かうふたりの背中を、沙綾は嬉しいような切ないような、複雑な気持ちで見送った。

大使に言われた通り、軽食を摘《つ》まみながらノンアルコールのスパークリングワインを飲んでいると、後ろから急に袖を引っ張られた。

「きゃっ」

驚いて振り返ると、酒の匂いが鼻につき、目の前の人物がかなり酔っ払っているのがわかる。

三十代後半くらいだろうか。縦にも横にも大きく、普段は白いであろう顔は首まで真っ赤になっていた。

「〝KIMONO〟だ。君は日本人？」

「はい」

「へぇ。身体のラインを隠すなんてもったいない衣装だな」

海外での和装人気は高く、今日も何度かこの装いについて賛辞をもらったが、不躾《ぶしつけ》に直接手を触れてくる人はいない。

沙綾は恐怖に強張りそうになるのを必死に我慢し、頭をフル回転させる。

事前に聞いていた参加者の中に彼がいた記憶はないが、この場で失礼があってはならないと、噛み締めたくなる唇の口角を意識して引き上げた。

しかし、それもつかの間。着物の上からではあるが身体に触れられ、ゾクリと鳥肌が立つ。

「胸元はもっと開けた方がいいんじゃないか？　とても暑そうだ。それに生地の柄も、君のように若いなら、もっと華やかなものがいいだろうに」

帯や合わせに手がかかり、不快感と恐怖が徐々に大きくなっていくが、大使公邸に招待されるような人物を振り払うなんてできない。

酔っているせいか地声なのか、大きく響く声は周囲の視線を集め、何事かと心配げに見られている。

沙綾は震えていると悟られないよう一歩身を引き、自身も大きめの声を出した。

「着物に目を留めていただき光栄です。日本では、こうした絵柄には意味があるのですが、ご存知ですか？」

着物を見るフリをして沙綾に触れていた男は意表を突かれたのか、言葉を発せないままだ。

すると、くるぶし丈のよもぎ色のワンピースに白のジャケットを羽織った上品なドイツ人の婦人が、沙綾の質問に興味を持ったようで声を掛けてきた。

「私にも教えていただけるかしら？　とても興味深いわ。KIMONOにランクがあるというのは知っているけれど」

年の頃は生きていれば母と同じくらいだろうか。肩上で切り揃えられた艶のあるプラチナブロンドの髪を耳にかけ、穏やかに微笑んだ。

急に話しかけられ驚いたものの、彼女が目の前の男からさりげなく庇《かば》ってくれているのだと気付き、沙綾はホッとして言葉を続ける。

「はい。鶴には長寿、蝶には立身出世や健やかな成長、貝桶《かいおけ》には夫婦円満など、場に即した意味合いの柄を着こなすのが粋だと言われているんです」

「そうなの。ではあなたの扇柄は？」

「扇柄には〝明るい未来〟という意味合いがございます。日本とドイツが、互いに素晴らしい未来へと歩んでいけるようにと、本日はこの着物を選んで参りました」

「まあ！　素晴らしいわ」

婦人が声を上げたのに反応し、沙綾の着物に興味を示していた他の女性たちも「私も近くでKIMONOを見ていいかしら」と周囲に集まってくる。

彼女たちに着物や帯の説明をしていると、先程の男はバツが悪くなったのか、苦い顔をして無言でその場を離れていった。

安堵《あんど》から小さく息を吐くと、最初に声を掛けてくれた婦人が「気付くのが遅くなってごめんなさいね」と頭を下げたので、沙綾は大慌てで首を振った。

「いいえ。お気遣いいただきありがとうございました。おかげで助かりました」

「怖かったでしょうに、毅然としていて立派でしたよ。もしかして、あなたのパートナーは私の主人が連れて回っている方かしら」

「え？」

沙綾が首をかしげた時、拓海が黒澤大使と、さらにもうひとり、ドイツ人の男性と一緒に戻ってきた。

彼には見覚えがある。ドイツ与党の大物政治家で、次の首相に最も近いと言われている人物だ。

「沙綾？」

「拓海さん」

「なにかあったのか」

無駄な心配をかけたくなくて、いいえ、と首を振る前に、周囲の女性たちが拓海や黒澤大使に先程の一連の流れを口々に説明してしまった。

「〝ヤマトナデシコ〟とは彼女のような女性を言うのね。素晴らしい返しだったわ」

「それにしても、あの人は誰だったのかしら」

「確か『BEL電力《でんりょく》』の社長の長男だったわ。以前のパーティーでも、酔って女性に声を掛けていたと聞いたことがあるもの」

代わる代わる喋る婦人たちの話を聞いた拓海の眉間に深い皺《しわ》が寄り、周りの目も憚らず沙綾の肩を抱き寄せた。

「あっあの、拓海さん……」

「悪かった。やはりひとりにすべきではなかった」

「いえ、それより……」

まだ自己紹介も済んでいないと拓海に促すと、彼は一緒にいたドイツ人の男性を紹介してくれた。

「社会民主党のミヒャエル・マイヤー氏だ。マイヤー議員、彼女が私の妻です」

「はじめまして。沙綾と申します。お会いできて光栄です」

「やぁ。長くご主人を拘束して申し訳なかった。大丈夫だったかい？」

「いいえ、とんでもございません。こちらのご婦人が機転を利かせてくださって」

「おや、ちょうどいい。私も妻を紹介しておこう」

すると、先程の婦人がマイヤー議員に寄り添った。

「改めて、モニカ・マイヤーよ。よろしくね、沙綾」

彼女が大物議員の妻だったとは。沙綾は驚きながらも、失礼のないように丁寧に腰を折った。

「光栄です。モニカ夫人」

「モニカ夫人、妻を助けていただき、ありがとうございました」

「素敵な奥様ね。大事になさいな」

「はい、必ず」

拓海がモニカ夫人の言葉に大きく頷いたのを見て、沙綾の胸にぎゅっと甘い痛みが広がった。

ハプニングはあったものの、〝外交官の妻〟デビューは大きな失敗もなく終わったことに安堵のため息を零す。

「疲れたか」

「いえ、ただ想像を超えた世界だったので」

眩《まぶ》しいほど煌《きら》めくシャンデリア、ドレスアップした人々、テレビや新聞で見かける顔ぶれが集うパーティーは、少し前までただのOLだった沙綾には無縁の世界。

シャワーを済ませてリビングのソファに座ると、ようやく人心地がついた。

「沙綾」

「はい」

「改めて、今日はありがとう。君のおかげで、マイヤー議員とも想定以上に親しく話せた」

あのあと、モニカ夫人に気に入られた沙綾は、今度ぜひ家に夫婦で遊びに来てほしいと言ってもらった。

「着物の件は、マイヤー夫妻だけでなく、黒澤大使も感心していた。まさかそんなところにまで気を遣ってくれていたなんて、俺も驚いた」

「そんな……お役に立てたのならよかったです」

そうでなくては、彼にとって結婚した意味がないのだから。

拓海への返事に続いた自分の心の声に打ちのめされ、沙綾はうまく笑顔が作れなかった。

それをどう受け止めたのか、拓海が距離を詰め、そっと抱きしめられる。

「君を選んでよかった」

「拓海、さん……？」

「BEL電力のバカ息子に、どこを触られた？」

「え？」

「悪かった、怖い思いをさせて」

耳元で囁《ささや》く拓海の声は悔恨が滲み、背中に回る腕に力が込められる。

「嫌になっていないか。外交官の……俺の妻でいるのが」

「いいえ！ ……あっ」

咄嗟《とっさ》に大声で否定してしまい、沙綾は慌てて彼から距離を取ろうと腕を突っ張った。

これではまるで、彼の妻でありたいと自ら望んでいるように聞こえる。

そんなこと拓海は求めていないはずだ。

彼はきっぱり言っていたではないか。

『恋愛に興味がない』と。

身体を押し返そうとしたが、逆にその腕を掴まれ、至近距離で見つめられたまま、拓海の唇が自分の名を象《かたど》りながら迫ってくる。

「沙綾」

「ん……」

一瞬だけ触れた唇は、離れたかと思うとすぐにまた重ねられ、何度も繰り返されるうちに徐々に深さが増していく。

強引とも思える行為だが、嫌悪はまったく感じない。

それどころか、触れられていることに、心は歓喜に満ち溢れる。

「震えてる？　悪い、嫌な思いをしたばかりなのに」

「違います！　そうじゃなくて、拓海さんなら、私……」

もう観念するしかない。

恋をしているのだ。かりそめの夫である彼に、どうしようもなく惹かれている。

「君を抱いてもいいか」

低く掠れた声が、自分を欲しがってくれているのだと感じられ、お腹の奥がきゅんと疼《うず》いた。

そんな自分の反応をはずかしく思いながら小さく頷くと、ソファから抱き上げられ、拓海の部屋へと運ばれた。

セミダブルのベッドにそっと下ろされ、すぐに覆いかぶさってきた彼に再び口づけられる。

割られた唇からは甘い吐息が零れ、そのわずかな隙間に入り込んできた舌が大胆に動き回ると、濡れた音が静かな寝室に甘い夜の前奏曲のように響いた。

契約結婚だとか、期間限定の夫婦だとか、今はなにも考えたくない。

ただ、与えられる熱に浮かされていたかった。

沙綾は自らも腕を伸ばして首に回し、より深い口づけをねだる。

「ん……」

それを合図に、沙綾の頭や頬に添えられていた拓海の手が遠慮をなくし、裾を乱して素肌に触れてきた。

「脱がすぞ」

宣言と同時に部屋着を取り去られ、あっと思う間もなく胸の膨らみにキスが降ってくる。

拓海に聞こえてしまうのではと心配になるほど心臓がうるさく鼓動を刻んでいたが、ナイトブラのカップをずらされ、期待しているように熟した先端を口に含まれれば、それも気にならないほどの快感が身体を駆け抜けた。

「あぁ……っ！」

刺激に目を閉じるが、拓海はそれを許さず、顎に指を添えて名前を呼ぶ。

「沙綾。俺を見ろ」

「あ、ん……」

「目を閉じるな。誰に抱かれているのか、ちゃんと見ていろ」

まだ先程のパーティーで男性に身体を触られたのを気にしているのだろうか。

そのまま瞳を逸《そ》らさず、視線を絡めたまま唇同士が触れ合い、舌を絡ませ合う。

あまりの淫らな光景にクラクラするが、逃げようとすると、お仕置きとばかりに胸を揉《も》みしだかれ、凶悪な快楽を与えられる。

「あ、や……っ！」

「沙綾」

意地悪な甘い責めに身を捩《よじ》ると、肌を守っていたすべての布を取り払われた。

「綺麗だ、とても」

自信のない身体を晒《さら》すのははずかしかったが、拓海の言葉を信じて身を任せる。

膝を割られ、その間に腰を据えた拓海の指が、一番敏感な部分にそっと触れてきた。

「んぁっ！」

「敏感だな。そんなに可愛い反応をされると、こっちが煽《あお》られる」

「あ、そんなの、知らな……」

「妬《や》けるな。君をこんなにエロい身体にしたアイツに」

アイツとは、元彼の雅信のことだろうか。

眉間に皺を寄せ、苦しげな表情をした拓海は、沙綾の過去に嫉妬しているように見える。

「違う。こんなの、拓海さんが、初めて……」

こんなに身体が熱くなり、触れられた場所すべてが溶けそうなほど心地よく、もっと蕩《とろ》けさせてほしいと不埒《ふらち》な考えが浮かんでしまうのは。

「触れられただけで、こんなに……」

はしたないことを言ってしまったと口をつぐむが、拓海は続きを聞きたがった。

「こんなに？」

「もう、意地悪です……」

「ははっ、俺だって初めてだ。……こんなにも女性を愛おしく感じるなんて」

耳元で独り言のように囁かれた言葉の真偽を確かめる間もなく、拓海の指が差し込まれ、話をする余裕がなくなっていく。

「あ、あっ、や……！」

「熱くて蕩けてる。これは、俺が相手だからって思っていいのか」

「たく、み、さん……」

「そんな声で名前を呼ばれたら、もうやめてやれない」

身体の最奥に触れられ、どこがどう反応するかを黒曜石の瞳がつぶさに見つめている。

その羞恥に全身が紅潮し、堪えきれず鼻にかかった高い声が漏れた。

「あ、んん……！」

甘く痺れに耐えられず目を閉じると、瞼《まぶた》の裏で光が散り、身体から力が抜ける。

拓海は大きく胸で息をする沙綾の乱れた髪を撫でつけながら、額に唇を寄せた。

「どうして……」

まるで愛しい恋人にするような仕草に、沙綾はぼうっとしながら濡れた瞳を拓海に向ける。

過去にふたり恋人がいたが、こんなにも甘く大切に扱われた経験はない。

もっと自分本位な、ただ男性が本能のままに快楽を追うだけの行為だと思っていた。

それなのに、拓海は沙綾の反応を見ながら、ひたすら丁寧に優しく快感の高みに導いてくれた。

「沙綾、いいか？」

手早く準備を終えた拓海が、沙綾の太腿《ふともも》に手をかける。

（愛されてみたい。この人に……）

首を縦に振ると、ゆっくりと内部を埋められる感触に腰が震えた。

久しぶりの感覚に急に身体が強張り、爪先までぎゅっと力が入る。

「う、あ……」

「すごい狭いな、食いちぎられそうだ」

眉間に皺を寄せた拓海の表情で、苦痛を与えてしまっていると思った沙綾は申し訳なくて両手で顔を隠す。

「あ、ごめ、なさ……」

「なんで謝る」

「だって、拓海さん、辛そう……」

自分だけ蕩けるほど甘い蜜を味わいながら、彼をうまく受け入れられないだなんて。

快感にぼんやりしていた頭は次第に冷静になり、自らに失望して泣きたくなる。

「沙綾は辛くないか？」

「私は、全然……」

「俺はすごく辛い」

唇を噛み締めて涙を堪えていると、顔を覆っていた両手首を外され、左右のシーツに押しつけられた。

「君が可愛すぎて、壊しそうなほどめちゃくちゃに抱きたいのを抑えるのが」

「え……？」

拓海が耳元で囁きながら腰を進めてくる。

沙綾は混乱しながらも自分の手を縫い留める手に指を絡めると、そのまま奥まで貫かれ、反動で背中がのけぞった。

「あぁっ！」

圧迫感に息が詰まりながらも、先程まで丹念に指で与えられた快感を身体は忘れておらず、徐々に甘い疼きが沙綾の体内を蝕《むしば》んでいく。

「沙綾」

耳に残る艶声で名前を呼ばれると、それだけで胸がときめく。

気遣いなのか焦らしているのか、緩慢な腰の動きに翻弄《ほんろう》され、蓄積された快感が解放をねだって拓海を締めつけてしまう。

「名前を呼ぶたびに反応するな」

「や、ちが……」

拓海の声に感じていることを言い当てられ、気が遠くなりそうなほどはずかしい。

「やばいな。本当に、可愛すぎて……」

感極まった声が聞こえた瞬間、グッと打ちつけるように突き立てられ、沙綾自身も知らない奥まで暴かれる。

激しすぎる快感に頭は真っ白になり、揺さぶられながら、ただ離れたくなくて必死に縋《すが》り付く。

「あっあっ、やぁぁ……っ！」

「沙綾、君を選んでよかった」

埋め込まれた熱をきゅうっと食い締め、限界を迎えた沙綾はくったりと脱力した。

「俺についてきたことを絶対に後悔させない。だから……」

なんだかとても幸せな言葉を聞いた気がするのに、過剰な快楽に極限まで耐えた身体は、あっさりと意識を手放してしまった。

4．急転直下の帰国

大使公邸で開かれたレセプションパーティーから三週間が経った。

あの日を境に拓海との距離はぐっと縮まり、結婚当初の条件はあってないようなものとなっている。

拓海が働いている間に沙綾が家事をするというスタイルは変わらないものの、別々だった寝室は一緒になり、夜も日を置かずに求められる。

週末にレセプションがあれば妻として同伴し、先日は約束していたマイヤー夫妻のホームパーティーにも出席した。

個人の邸宅とは思えないほど広い敷地の屋敷や、他の招待客の豪華さにたじろぎつつ、拓海の横で彼らの会話に耳を傾ける。

詳しい内容こそ話さないが、どうやら国連総会や首脳会談に向けた環境問題の政策について、互いの意見を交わしているようだ。

日本とドイツが主導して進めていく政策で、各国の足並みを揃えるために奔走《ほんそう》しているらしい。

『拓海、君は実に素晴らしい外交官だ。黒澤がなぜ君を重用しているのかよくわかる』

『恐れ入ります』

『沙綾、君の夫はとても有能だ。物事を必ずやり遂げようとする気概もある。大変な仕事だ、ぜひ支えてやってくれ』

『はい』

マイヤー議員に話を振られ、沙綾が表情を引き締めて頷くと、拓海は腰に添えていた手を引き寄せ、嬉しそうに『よろしく』と耳元で囁く。

スキンシップの多い欧州に住んでいるとはいえ、沙綾の感覚は完全な日本人。人前での親密な仕草に真っ赤になると、拓海だけでなく、マイヤー夫妻にも笑われてしまった。

夫妻の温かいもてなしに当初の緊張は薄れ、モニカ夫人には次回会う時に着物の着付けを教えてほしいと請われた沙綾は、笑顔で了承する。

夫妻には子供がおらず、沙綾の両親がすでに他界している事実を知ると、モニカ夫人は『ドイツでの母親だと思ってちょうだい』と言い、以後メールでも連絡を取り合う仲となった。

ホームパーティー後のこの三日間、拓海は特に忙しそうだった。

一緒に食事を取るのも難しい日が続くこともあるが、休みの日はこれまで以上に沙綾との時間を取ってくれるようになり、誰が見ても仲睦《なかむつ》まじい夫婦そのものだ。

拓海から契約結婚を持ちかけられてからというもの、抱えきれないほどの幸せを与えてもらっている。

理不尽な職場から抜け出すきっかけとなり、ドイツへ来てからは自分ひとりでは経験できないような毎日の連続だ。

きらびやかなパーティーや、国を動かしている要人たちに出会えただけではない。沙綾の話を聞き、隣で笑ってくれる。料理を美味しいと食べてくれる。ミソノオタクをバカにせず、聖地巡礼にまで付き合ってくれたことも全部嬉しかった。

なにより、もう恋はしなくていいと思っていたはずの沙綾に、もう一度『愛されてみたい』と思わせてくれた。

普段はぶっきらぼうでポーカーフェイスな拓海だが、ベッドの中では驚くほど優しく情熱的だ。

奉仕され慣れない沙綾を徹底的に甘やかし、ドロドロに蕩けさせてから自身の身体を沈めてくる。

拓海の愛し方を覚え込ませるような手ほどきに、沙綾はなす術なく陥落し、ひたすら甘い声で鳴いた。

もちろん身体だけでなく、心の距離も縮まったと感じている。

その証拠に、初めて彼の家族の話をしてもらえた。

「母親が家を出ていったのは、俺の八つ下の弟を産んですぐだった。当時、内閣府の参事官になったばかりの父は多忙を極めていたが、決して家庭を顧みない人ではなかった。それなのに、身勝手に男を作って出ていった母に感じていた嫌悪感はなかなか消えず、女性に対して理想を抱くことも、恋愛に対して興味を持つこともなかった」

自嘲して顔を歪める拓海の頬に手を添えると、大丈夫だと言うように小さく微笑みを向けられた。

「官僚となったからにはいずれ結婚しなくてはならないと思っていたし、その相手は誰でもいいと思っていた。見合い話もうんざりするほどあったしな」

口を挟まず、ただ彼の話を聞いていた。

いつか彼が沙綾の話をそうして聞いてくれたように、少しでも心が楽になるのならと、ひたすら聞き役に徹した。

「だが、タイムリミットが近いと上司に勝手に申し込まれたあのパーティーで、俺は君に出会った。きっかけは同じ大学出身だとうっすら記憶に残っていたことと、君が語学堪能だったことだ。外交官の妻は、世間が思っているほど楽じゃないし、華やかなだけの世界じゃない。あの大学に通えていた君なら適任だと思った」

拓海は自身の頬に添えられていた沙綾の手を包み、その手にそっと口づけた。

「俺の直感も捨てたもんじゃないな」

「拓海さん」

「沙綾が結婚に頷いてくれてよかった。身勝手な申し入れをしたとわかってはいるが、君じゃなければ、きっとこんな風には思わなかった」

単なる偶然で利害の一致した結婚が、徐々に形を変え、沙綾にとって拓海はなくてはならない存在になりつつある。

「私も、拓海さんについてきてよかった」

「沙綾」

「急な契約結婚の話には驚きましたけど、今となっては本当によかったって思ってます」

沙綾がそう思うように、拓海にとっても、この結婚の意味合いが変わってきているのだとしたら。

恋愛に興味がないと言っていた彼だけれど、これ以上ないほど大切にしてもらっていると思う。

それは沙綾の自惚れではなく、拓海の日々の言動から明らかだ。

言葉では伝えていないし、伝えられてもいないけれど、もう自分たちの結婚は〝契約結婚〟とは違うのではないだろうか。

始まりはどうであれ、今は……。

そこまで考えたところで、沙綾は目の前の拓海がどこか苦しげな表情をしているのに気が付いた。

「拓海さん？」

「本当に？　後悔したことはないのか」

「え？」

「外交官は国の政策にも深く関わるため徹底した守秘義務があり、国益のために働けば敵を作る事態にもなる。それでも君は……」

拓海はそこで言葉を切ると、眉間を押さえながら小さく首を横に振った。

忙しそうにしていたし、疲れもあるのだろうが、なにか悩みや事情がありそうな気がする。

彼の言っていた通り、職業柄仕事の内容は妻相手だろうと話せないので、沙綾には具体的に聞くことはできない。

(もしかして、以前パーティーでひとりになった隙に男性に絡まれたのを、いまだに気にしていたりする？　それとも、なにか別に気がかりがあるのかな)

拓海がなにを懸念しているのかはわからないが、沙綾に言えるのはひとつだけだ。

「私は拓海さんの提案に頷いたのを、後悔したことはありません」

拓海の瞳を真っすぐに見つめ、言葉を続けた。

「あなたが好きです」

沙綾の突然の告白にハッとした表情を見せた拓海に微笑んでみせる。

男性に想いを告げたのは初めてで、照れくさいけれど心が浮き立つ。

「もう恋愛はこりごりだと思っていたのに、拓海さんと一緒にいるとすごく心地よくて、幸せだって思えるんです。だから……っん！」

誕生日に婚姻届を提出して本物の夫婦になれるの、すごく楽しみにしているんですよ。

そう続くはずだった沙綾のセリフは、拓海の噛みつくような口づけに飲み込まれてしまった。

「ん、んん……！」

すでに寝支度を整え、ベッドで寄り添うように話していたため、あっさりとその身を押し倒される。

いつも以上に性急な仕草に戸惑いがあったものの、乱暴にされているわけではない。

「は、ぁ！　拓海、さん……」

「沙綾……」

「や、ぁ、んん！」

毎晩のように抱かれた身体はすぐに快感を拾い、彼の望むままに反応を返す。

シーツを掴みながら髪を乱す沙綾をキツく抱きしめ、一心不乱に腰を打ちつけてくる拓海は、やはりいつもと様子が違う気がした。

「拓海さん、すき、すきです……」

沙綾はそんな拓海に若干の不安を覚えながらも、与えられる熱に溺れ、自分を包んでくれる腕から離れまいと必死にしがみついた。

寝返りをして頬に触れたシーツの冷たさで、ふと目が覚めた。

カーテンの外はまだ暗く、まだ夜中か明け方という時間帯。隣で寝ているはずの拓海がいないことに胸騒ぎを覚え、そっと寝室を出た。

リビングに続く廊下に出ると、暗い部屋の奥から、スマホとパソコンの光だけがぼんやりと浮かび上がっている。

もしかして仕事を持ち帰っていたのだろうか。

帰宅してシャワーを済ませたらすぐに寝室に来た拓海は、珍しく饒舌《じょうぜつ》に話したかと思えば、なんだか深刻そうな顔をして、結婚を後悔したことはないかと問うてきた。

なにか思いつめているのなら助けになりたいと思うものの、仕事関係だとしたら沙綾の出る幕はない。

せめて夜食でも作ってあげようとリビングの扉を開けようとした時、拓海の低く強張った声が聞こえてきた。

（あ、電話してる？）

こんな夜更けにと疑問に思ったが、彼の職業を考えれば珍しくはないと思い直した。緊急を要する話かもしれないし、時差のある国との連絡かもしれない。

それなら自分は離れた方がいいと寝室に戻ろうと背中を向けた瞬間、「彼女は帰国させる」という意味深なセリフが沙綾の鼓膜を揺らした。

ドキドキと心臓が嫌な音を立て、呼吸が浅くなる。

これ以上は聞かない方がいい。直感的にそう思うのに、足が動かなかった。

「幸い入籍前で名字も違う。こっちではレセプションで顔を知られている可能性があるが、妻として紹介したのは限られた相手にだけだ。日本へ帰してしばらく連絡を断てば赤の他人だ。こっちにいる間だけの関係だと思ってくれるだろう」

衝撃的な拓海の言葉に、沙綾は息をするのも忘れて立ち尽くす。

(帰国させるって、こっちにいる間だけの関係って、私……？)

目の前が真っ暗になるとはこういうことを言うのだと、沙綾はぼんやりとした頭で思った。

拓海は沙綾に気付かずに電話の相手と話しているが、もうその声は聞こえない。

フラフラと寝室に戻り、電池の切れたおもちゃのようにどさりとベッドに横たわる。

(今の、本当に拓海さんの言葉？)

信じられずに、ぎゅっと目を瞑《つぶ》る。

すると先程聞いたばかりの拓海のセリフがグルグルと頭の中を駆け巡り、沙綾をより深い奈落の底に突き落とす。

(入籍してないのを『幸い』って言ってた。今度一緒に大使館に婚姻届出すの、楽しみにしてたのに……)

じわりと瞳に涙の膜が張り、堪えきれずに零れたしずくがシーツを濡らしていく。

本物の夫婦になれると思っていた。

契約結婚から始まった関係ではあったが、ふたりで同じ時間を過ごす中で徐々に距離を縮め、身体を重ね、言葉にしなくても気持ちは通じ合っているのだと信じていた。

拓海が与えてくれる幸せに感謝し、自分も役に立ちたいと外交の勉強をして、彼もそれを喜んでくれていたけれど。

(拓海さんはずっと契約を守っていくつもりだったんだ……)

それを決定づけたのは、翌日の拓海から聞かされたひと言だった。

「沙綾。急な話だが、一時帰国してほしい」

眠れぬ夜を過ごし、これが夢なら醒めてほしいと何度も願った。

しかし現実は残酷で、沙綾を容赦なく追いつめてくる。

「住むところはこちらで準備してある。生活に必要なものはすべて用意するから心配しなくていい」

拓海は沙綾の両肩に手を添え、矢継ぎ早に要点だけを口にした。

それがどれだけ沙綾を悲しませ絶望に追い込むのか、彼は微塵《みじん》も考えていないのだろうかと心の中で問いかけるが、当然ながら返事はない。

住む場所や生活なんて心配はしていない。戸惑っているのはそこじゃない。

「詳しい事情は落ち着いたら必ず説明する。今は急いで日本へ戻るんだ。俺が連絡するまで、悪いが沙綾からは連絡しないでほしい」

結局、反論どころか質問すら許されないまま、沙綾はひとり日本へ帰国することとなった。

その迅速な手腕はいかにも交渉の得意な外交官だと、内心で皮肉ったところでなにも変わらない。

恋愛に興味がなく、外国語ができる妻が欲しい拓海と、仕事を辞め、頼れる存在が欲しい沙綾の利害の一致した契約結婚。

契約の期限は三年。それを反故にして沙綾を帰国させようとしているのは、間違いなく昨夜のひと言だと思った。

(私が、好きだなんて言っちゃったから……?)

そう気付いた時、沙綾は自分の心が凍りついていくのを感じた。

あれほど前の恋愛でこりごりだと思っていたのに、どうしてまた恋をしてしまったのだろう。

元彼から浮気という裏切りに遭い、さらに職場でも追いつめられ、それを拓海によって救われた時にはすでに彼に惹かれていたのかもしれない。

(拓海さんに裏切られたわけじゃない。私が勝手に恋をしてしまったせい……)

だからこうしてひとりで帰国させられるのだ。

本物の夫婦になれると思っていたのも、気持ちが通じ合っていると思っていたのも、自分だけ。

恋愛感情ではなく信頼関係を結ぼうとしていた拓海にとって、沙綾の気持ちは煩わしかったのかもしれない。

そう思えば、なおさら惨《みじ》めで胸がズキズキと痛み、喉の奥から吐き気が込み上げてくる。

「必ず連絡する。待っていてほしい」

そう告げる拓海の言葉は沙綾の耳を素通りし、胸の痛みを取り除いてはくれなかった。

帰国後、拓海に指示された住まいを見上げた沙綾は、もはや泣くことすらできなかった。

コンシェルジュや警備員が二十四時間体制で常駐する高層マンションで、間取りは

3LDKのファミリータイプ。

これからひとりで生活する沙綾には明らかに分不相応だ。

「手切れ金代わりってこと……？」

誰にともなしに呟くと、ひきつった顔で乾いた笑いを零す。

こんな風に終わりが来るだなんて思ってもいなかった。

結婚の申し入れも唐突だったが、最後まで怒涛《どとう》の展開の連続で、沙綾の感情を差し挟む余地もなかった。

自分が決めたことはやり遂げるという拓海の姿勢を、こんなところでまざまざと見せつけられるとは。

（やっぱり、もう私に恋はいらない）

一夜にして築かれたベルリンの壁と同様に、沙綾の心にも強固な壁が作られていく。

まさかお腹に拓海との子供を授かっているとは、この時の沙綾は知る由《よし》もなかった。

5. 予想外の再会

　枝々に桜の花が咲き乱れ、ひらひらと散る花びらが道をピンク色に染めている。四月第一週の今日は曇天で、今朝まで降っていた雨でアスファルトは濡れていた。

「湊人。今日の夜ご飯、なににしよっか」

「ばーぐ！」

「ふふっ、またー？」

　どんよりとした天気を物ともせず、楽しげな親子の声がスーパーに響く。

　沙綾は湊人の小さな手をしっかりと握り、リクエストされたハンバーグの材料を買い物かごへ入れると、明日の朝食のパンと弁当用の食材も一緒に会計を済ませて店を出た。

　離乳食を卒業した湊人の大好物はハンバーグで、週に二度は作っている。

　大した手間もかからず、ひき肉と玉ねぎの他に、なかなかそのままでは食べさせにくいピーマンや人参をみじん切りにして混ぜ込めるので、栄養バランス的にも助かるメニューだ。

「明日はぽかぽかのお天気なんだって。お弁当持ってちょっと遠くの大きな公園に行こっか」

「いこっか！」

嬉しそうに言葉を繰り返す湊人の笑顔を見て、沙綾も自然と笑顔になる。

安定期を過ぎたのをきっかけに、沙綾は与えられたマンションを出て、都心から離れたところにアパートを借りていた。

徒歩圏内に公園やスーパーがあるというのは、小さな子供をひとりで育てている沙綾にとって重要な条件だった。

拓海の連絡先は消してしまったため、コンシェルジュに部屋の名義人を調べてもらったところ、彼の名前だったので解約もできず、そのまま出てきたが致し方ない。

テーブルに一度も使わなかった彼のクレジットカードを置いて、沙綾は拓海との繋がりをすべて断ち切った。

ただひとつ、彼の息子である湊人を除いて。

帰国して二ヶ月後、沙綾は自分が妊娠していると気が付いた。

もちろん父親は拓海しかあり得ないが、彼に子供を授かったと報告することはできない。

『俺が連絡するまで、悪いが沙綾からは連絡しないでほしい』

沙綾の誕生日にも、帰国から一ヶ月経っても彼からの連絡はなかった。タワーマンションを手切れ金として契約妻の役割をお払い箱になったのだから、妊娠したなどと言われても迷惑だろう。

沙綾自身、身籠《みご》った現実に戸惑い、産む決断をするのに迷わなかったと言えば嘘になる。父親のいない子にしてしまう罪悪感、子育て経験者の一番身近な先輩である母がいない不安など、ネガティブな感情に押し潰されそうだった。

そんな時に支えてくれたのが、親友の夕妃だ。

突然結婚すると言って日本を発ち、たった四ヶ月足らずで帰ってきた沙綾を、夕妃はなにも言わずに迎え入れてくれた。

『〝たとえ何度高い壁に阻まれたとしても、君への愛は永遠に潰えることはない〟……なーんてね。大丈夫、沙綾の面倒くらい見てあげるから』

『夕妃……』

失意のどん底でどうしていいかわからず途方に暮れていた時、彼女は自身が舞台で忙しくしているにも関わらず、沙綾の好きな芝居のセリフを再現してみせたりと、なんとか励まそうと必死になってくれた。

自分がどうしたいのかを一番に考えればいいと言われ、沙綾はお腹に手を当て、拓海との日々を反芻すると、ほとんどが幸せな記憶ばかりだと気付く。

同じように愛情を返してはもらえなかったが、お腹に宿った命は、沙綾が確かに幸せだったという証だ。

『夕妃、私、産みたい……！』

『うん。大変だろうけど、沙綾が決めたなら私もできる限り協力する』

沙綾の決断を受け止め、頻繁にマンションに通い、時間があれば送迎を兼ねて検診にも付き添ってくれた。マンションを出る時も引っ越しの手伝いや、お腹が大きくなってからの力仕事も率先してやってくれる夕妃には、感謝の気持ちでいっぱいだ。

そんな夕妃の助けもあり、無事に湊人を出産できた。彼女がいなければ今こうして幸せに暮らしてはいなかっただろう。

家族のいない沙綾にとって、夕妃は親友であり、姉のように頼りになる存在だ。

帰国した直後は、拓海のマンションに住むつもりはなかった。

手切れ金のように与えられた場所で暮らしていくのは、彼を忘れたくても忘れられずに辛い。

帰国後一ヶ月経っても連絡が来ず、翌月に妊娠が発覚した時点で、当時使っていたスマホも解約した。

その後一度だけマンションのコンシェルジュに拓海からの伝言をもらったが、すでに彼の連絡先は消してしまっていた。コンシェルジュから伝言しようかと提案をもらったが、結局こちらからはなにもしないまま、彼からも二度と連絡はなかった。

辛い過去は振り返らずに、新たな気持ちでこれから先を考えたかったが、子供をひとりで育てていくと決意した以上、不自由な思いはさせたくない。

『妊娠中とか産後すぐはガッツリ働くなんて無理だし、辛いかもしれないけど、身体のためにも安定期を過ぎるまではここに住んだ方がいいと思う』

別れ際に渡されたクレジットカードにだけは意地でも頼るまいという決意は変わらなかったものの、夕妃の助言もあり、安定期を迎える三月まではありがたく住まわせてもらい、その間に仕事と家賃が安く子育てのしやすいアパートを見つけて引っ越しをした。

今は得意の英語やドイツ語を活かし、絵本の翻訳の仕事に就いている。

保育園に預けて会社勤めする案も考えたが、急なお迎えにひとりでは対応できないと考え、在宅ワーカーとして働こうと決めた。

決められた勤務日はなく、指定された日程までに翻訳した原稿をメールで送ればいいので、湊人の昼寝中や就寝後に仕事をしている。

贅沢《ぜいたく》はできないものの、それなりに収入は安定していて、湊人とふたり、幸せに暮らしていた。

買い物を終え、湊人のお気に入りの特撮ヒーロー『秘密警備隊フラッシュライター』の主題歌を歌いながらアパートに帰ってくると、入口前に見慣れぬ車が止まっていた。

ふたりの姿をバックミラーで見つけたのか、運転席から出てきて振り返った長身の男性の睨むような眼差しに射竦められる。

「その子が、新しい男との子供か」

「拓海さん……」

目の前の光景が信じられず、息をのんだ。

キリッとした眉と黒曜石のような黒い瞳は見る者を圧倒するほど印象的で、こちらの心の内をすべて見透かしてしまいそうな力がある。

帰国して二年半。忘れようとしても忘れられなかった人が目の前に現れ、驚きに逃げるのも忘れて呆然と立ち尽くした。

「沙綾。なぜ黙って消えた」

彼の声で自分の名前を呼ばれただけで、キュッと胸の奥が軋《きし》んだ。

甘く切ない痛みに気を取られたが、すぐに我に返る。

（どうして日本に？　まだドイツにいるはずじゃ……。ううん、それより、どうしてここがわかったの？）

少なくとも三年はドイツに赴任すると聞いていた。あと三ヶ月はある。一時帰国しているのか、それとも……。

「質問を変える。子供の父親はどうしている」

拓海の視線が湊人を捉え、沙綾は咄嗟に息子を庇うように後ろ手に引くと、目の前の彼が不機嫌そうに目をすがめた。

心臓が早鐘のように打ち、呼吸がしにくい。緊張でじわりと全身に汗が滲んだ。

（拓海さん、自分がこの子の父親だとは気付いてない？）

湊人はまだ幼く、拓海に似ているかと言われれば、よくわからない。

赤ちゃんの頃から整った顔立ちをしていると思っていたが、母親の贔屓目かもしれないし、綺麗な顔の男の子はごまんといる。

ただ、黒目が大きく印象的な目元をしているのは拓海譲りだと思う。

黒く輝く瞳を見るたびに、沙綾は拓海を思わずにはいられなかった。

湊人の名は、拓海の〝海〟の字から連想して〝湊〟の字を決め、彼の周りに人が集まるようにと願いを込めてつけた。

まさか目元と名前だけで父親だとバレるとは思わないが、あまり湊人を拓海の視線に晒したくない。

彼が子供の父親は別にいると勘違いしているのなら好都合だ。

一時の契約妻が勝手に子供を産んでいたなんて、知られるわけにはいかない。

そうわかっているのに、帰国してすぐに別の男性の子供を身籠った女だと思われているのが悲しくて、胸が締めつけられるように痛んだ。

契約妻をお役御免になってから、そんな関係になった人なんてひとりもいない。

むしろ、二度と恋はしないと固く心を閉ざしている。

それでも沙綾が拓海に反論しないのは、父親が彼だとバレたら、湊人を取り上げられる可能性があるのではないかと怯《おび》えているからだ。

彼の父は厚労省の官僚のトップを務めていたほどの人物で、拓海自身も外務省のエリート外交官として活躍している。

そんな家柄なら、男の子は後継ぎとして奪われてしまうかもしれない。

それだけは、なんとしても阻止したかった。

なにも言わずにだんまりを決め込む沙綾を見つめていたが、やがて拓海は小さくため息をつくと、腕の時計に視線を落とす。

「帰国したばかりで今日は時間がない」

そう言うと、彼は運転席のドアを開ける。

このまま帰ってくれるならとホッとしたのもつかの間、拓海は沙綾を真っすぐに見据えて口を開いた。

「明日、十時にここに迎えに来る」

「……えっ？」

「君に拒否権はない。その子が誰の血を引いていようと、あと三ヶ月、君は俺の妻だ」

熱の籠もった眼差しを向けられ、沙綾は高鳴ってしまいそうな胸をぎゅっと掴み、負けないように視線を返した。

勝手に明日の予定を言われたところで、これ以上拓海と関わる気はない。

それなのに、この瞳に見つめられると、声を奪われた人魚姫のように言葉が出ない。

反論を聞く気はないとさっさと車に乗り込んだ拓海は、それ以上なにも言わずに帰っていく。

ドイツ製の高級車が去っていった方向をじっと見つめたまま、沙綾は呆然と立ち尽くしていた。

翌日はいつもよりも早く目が覚めた。昨日湊人に話した通り、春らしいぽかぽかの陽気でお出かけ日和だ。

朝食と家事を手早く済ませると、使い捨てのタッパーに昼食用のおかずを詰めていく。

海苔《のり》とほうれん草の入った卵焼きや、ピックに刺したミートボールと型抜きのにんじん、たこさんウインナーなど、掴み食べがしやすいものを中心に作った。

おにぎりは海苔を仮面っぽく切り、秘密警備隊フラッシュライターの敵『怪盗スティール伯爵』にして湊人に見せると、「しゅごい！　はくしゃく！」と手をたたいて喜んでくれた。

沙綾は弁当を作りながら、これから会う拓海のことを考える。

（長くは話さない。湊人と公園でピクニックするんだし、用件だけ聞いて帰ってもらおう）

拓海が交渉術に長けているのは、契約結婚を了承した沙綾が一番よく理解している。彼の術中に嵌《はま》ってしまう前になんとか話を終わらせ、会うのは今日を最後にしたいと伝えなくては。

すぐにでも食べたそうにする湊人を制し、なんとかふたり分の弁当を準備し終えると、保冷バッグに入れる。

「お弁当食べるの楽しみだね」

「たのしみねー！ いこっか！」

嬉しそうに自分のリュックを持ってくる湊人を見ると、割り切ったはずの罪悪感が頭をもたげてくる。

父親がいない私生児として産むと決めたのは、自分のエゴなんじゃないか。

今は幼く保育園にも預けていないから、父親がいないのがどういうことか、本人はわかっていないだろう。

だけど、あと一年もすれば幼稚園に通いだし、周りの友達との差に気付き始めるに違いない。

その時、父親についてどう説明したらいいのだろう。

妊娠に気付き産むと決意して以降、何度も自問してきたけれど、いまだに明確な答えは出せないでいた。

「湊人。今日はね、公園の前にちょっとお話してもいいかな？」

「おはなしー？」

「うん、会おうねってお約束してる人がいるの。ママその人とお話したいんだけど、いい子にしてられるかな」

（ママの、お友達……？　なんて説明したらいいんだろう）

頭を悩ませている間にも、湊人は玄関から靴を持ってきて早く出かけようとせがんでくる。

「ゆーき？」

「ううん、違う人だよ」

「なぁんだー」

残念そうな声を出す湊人だが、夕妃に会ったことはない。

正確には赤ちゃんの頃に何度か会っているが、湊人は覚えていない。

湊人が一歳になる頃、夕妃は劇団の拠点がある関西に住まいを移したため、気軽に会えなくなってしまった。

それでも頻繁に電話はしているし、沙綾が夕妃の出演する舞台のＤＶＤを家で流しているため、湊人も彼女を〝ママと仲良しのゆーき〟としてちゃんと認識しているようだ。

湊人の誕生日あたりはちょうどオフが重なるため、一緒にバースデーパーティーをしようと計画している。

「まーま、いこーよー」

時計を見ると九時二十分を少し過ぎたところ。約束の十時まで家で大人しく待っているのは無理だろう。

「わかった。じゃあ少しだけいつもの公園で遊ぼっか。時間になったら、一回おうちに帰るよ？」

「いーよー」

「本当？　お約束ね」

「おやしょくー」

小指を絡めてぶんぶん振ると、その手を繋いで玄関を出る。

共用廊下を歩いて階段へ向かうと、アパート前の道路に昨日見たばかりの車が止まっているのが見えた。

（嘘、なんで……？）

ギクリと身体が固まるが、湊人が階段を下りていってしまい、慌てて追いかける。

心の準備が整わないまま、再び拓海と顔を合わせることになった。

「おはよう」

「おはよう、ございます。あの、どうしてこんなに早く……」

「君を、二度と逃さないためだ」

「え？」

意味深な言葉に動揺していると、不機嫌そうに眉をひそめる拓海を見た湊人が、少し怯えながら「こーえん……」と沙綾の服の裾を引っ張った。

「あ、ごめん湊人。ちょっと待ってね、お話終わったらすぐに行こうね」

「悪いが、ここで立ち話をする気はない」

湊人に話しかけながらも、拓海に対する牽制《けんせい》のつもりだった。

しかしあっさりと躱《かわ》され、こちらの言い分を聞く気がないとばかりに畳みかけられる。

「乗ってくれ」

後部座席のドアを開けて促されるが、簡単に頷けるわけがない。

「申し訳ないですが、息子と約束があるので。お話があるのならここで」

「ぶーぶー！　みなと、のりゅー！」

「あっ、こら！」

普段見慣れぬカッコいい車を前にして、興奮した湊人がバンバンと車のボディをたたく。

誰もが知るドイツ製のエンブレムが輝く高級車を無邪気におもちゃにする湊人の手を慌てて掴み、「すみません」と頭を下げた。

「湊人くんと言うのか」

拓海が湊人と目線を合わせるようにしゃがんだのを見て、ドキッと心臓が大きな音を立てる。

似ているかわからないと思っていたが、ふたり並んだ横顔はどことなく似ていて、傍から見れば親子にしか見えない。

沙綾がなにか言う前に、拓海がゆっくりとした口調で湊人に話しかけた。

「俺は拓海だよ」

「たくみ?」

「そう、よろしく。湊人くんはブーブー好き?」

「うん、しゅき」

「そうか。じゃあこのブーブーに乗って遊びに行かないか? 公園みたいにすべり台もあるし、フラッシュライターのおもちゃもあるぞ」

「らいたー！　のりゅ！　まーま、らいたー！」

大好きな車とヒーローにまんまと乗せられ、湊人は初対面の拓海についていく気まんまんで沙綾を見上げてくる。

元々人見知りや場所見知りの少ない湊人だが、普段接することのない男性を怖がらないばかりか、あっさり懐いてしまうなんて予想外だ。

湊人が大物なのか、それとも、本能で父親だとわかっているのか……。

「……卑怯《ひきょう》です」

まさか自分ではなく、湊人から懐柔して話し合いに持ち込まれるなんて思わなかった。

「なんと言われようと、俺は君と話がしたい」

そもそも、なぜ拓海がそこまでして自分に構うのかがわからない。

湊人が彼の息子だとバレていないのだから、心当たりといえば、マンションを出る際、鍵を拓海本人ではなくコンシェルジュに預けて出てきたことくらいだ。セキュリティ上問題だったのだろうか。

なにか不備があったとは思えないが、一度だけ応じてこれっきりにしてもらおう。

渋々後部座席に乗り込むと、意外にもチャイルドシートが取りつけてあった。

そのまま拓海の家へと車を走らせること二十分。

以前沙綾が住んでいたマンションとは違う、低層レジデンスに着いた。

博物館と見紛《みまが》うような門構えと緑豊かな敷地、石造りの重厚な外観は、ドイツでふたりで住んでいたアパートを彷彿《ほうふつ》とさせ、気持ちがざわつく。

与えられたタワーマンションも分不相応なほど豪華だと思っていたけれど、ここはその比ではないほど高級感溢れる空間だった。

ガラス張りのエントランスホールもラグジュアリー感が漂い、子供を連れていると場違いではと恐ろしく感じるほど。

案内されたのは最上階。

玄関に入って右側の扉を開けて入ると、四十畳はあろうかという広々としたリビング。白木目のフローリングに、ソファやダイニングテーブルがベージュなどナチュラル系な色合いのせいか、日当たりのよさも相まって、とても明るく清潔感のある雰囲気だ。

大きな壁掛けのテレビに、沙綾の背丈よりも高い観葉植物、アーチを描くフロアスタンドがサイドテーブルの横に配置され、モデルルームのように洗練されたおしゃれな部屋。

しかし沙綾の視線を奪ったのは、リビングの素晴らしいインテリアでも、奥のウッドデッキの広いバルコニーでもなく、大きなL字型のソファの対角線上に作られたキッズスペースだった。

二段ベッドのような高さのジャングルジムにブランコやすべり台までついている木製の室内用遊具の隣には、ロケットを模したカラフルな子供用のテント。

プレイマットの上にはぬいぐるみや、湊人も大好きなフラッシュライターの変身ベルト、必殺武器である電灯セイバーまで置いてあった。

「らいたー！　しぇいばーありゅ！　しぇいばー！　しゅべりだいもっ！」

「好きなもので遊ぶといい」

「やったー！」

「あ、湊人っ」

大興奮で駆けていく湊人を窘《たしな》めることもできず、沙綾は驚いて拓海を見上げた。

「……お子さんがいらっしゃるんですか？」

沙綾と離れていた二年半の間に、本物の結婚をして子供を授かったのだろうか。

自分勝手に痛む胸を押さえて尋ねると、拓海は心外そうに「そんなわけないだろう」とため息交じりに呟いた。

しかし、そうでなければあのキッズスペースの説明がつかない。

車のチャイルドシートだって、乗せ方がわからずに手間取っていると、拓海が「ここに座らせて。肩と腰の部分で留められるから」と、ベルトを慣れた手つきで締めてくれた。

(子供がいるわけじゃないのなら、この部屋は一体……?)

戸惑いを隠しきれない沙綾をソファへ座らせると、拓海はキッチンから三人分の飲み物を持ってきて、ローテーブルに置いた。

そのうちひとつはプラスチックのコップで、よく見るとローテーブルの角にはベビーガードがつけてある。

「あの、ここは?」

「俺の家だが」

「以前、私に用意してくださったところは……」

そこまで口にすると、拓海の眉間に深い皺が寄った。

「俺に、他人が入ったところで暮らせと? あそこはとっくに引き払った」

低い声で咎められ、沙綾はビクッと身体を跳ねさせる。

(怒ってる……。私が住んでいたところに住み続けるのは苦痛ってこと?)

拓海の口から〝他人〟だと明言され、キュッと唇を噛み締めた。

あの夜の彼の言葉が蘇る。

『幸い入籍前で名字も違う。こっちではレセプションで顔を知られている可能性があるが、妻として紹介したのは限られた相手にだけだ。日本へ帰してしばらく連絡を断てば赤の他人だ。こっちにいる間だけの関係だと思ってくれるだろう』

思い返すだけで涙が滲みそうになり、沙綾は小さく頭を振った。

今は過去に囚われていないで、拓海がなぜ会いに来たのかを聞かなくては。

「帰国されたんですか？」

「あぁ。元々ドイツは丸三年の予定だったが、六月に日本で開催されるＧ７と首脳会談の前に呼び戻された。また三年は本省勤務だ」

「そうですか」

「君は、未婚で子供を産んだんだな」

世間話から徐々に拓海の真意を探ろうとしていた沙綾は、いきなり核心に触れられてギクリと身体を強張らせた。

昨日家で待ちぶせされていた事実を考えれば、ある程度調べられたのだろうと想像はつく。

「昨日答えをもらえなかったからもう一度聞く。子供の父親は一体なにをしているんだ」

「なに、とは……」

「気付いているだろうが、君のことを調べた。俺が調査を依頼している間、男が出入りしたという報告はあがっていない」

当然だろう。沙綾には自宅に上げるような関係の男性はいない。

あんなにも傷ついて泣いたにも関わらず、拓海を忘れられなかった。

（父親はあなただと言ったら、拓海さんはどうするんだろう）

湊人にちらりと視線を向けると、「てやー！」と気合の入った声を上げて、武器でくまのぬいぐるみをやっつけているところだった。

拓海が沙綾の周囲を調べていた理由がわからない限り、決して迂闊《うかつ》なことは言えない。

あの可愛い宝物を奪われるわけにはいかないのだ。

「父親は……いません」

「いない？　別れたのか？　だとしても、養育費などの義務は」

「彼は、あの子の存在を知らないので」

嘘はついていない。

湊人の妊娠を知った時には〝赤の他人〟になっていたし、今も拓海は自分に息子がいるとは微塵も思っていないのだから。

沙綾の言葉を聞き、拓海は「なぜ、そんな男と……」と不快そうに顔をしかめた。

「以前の会社の上司といい、その男といい、君は男を見る目がなさすぎないか」

「否定はしませんが、あの子の父親は素敵な人です」

拓海は目を見開いていたが、すんなりと出てきた言葉に沙綾自身も驚いた。

唐突なプロポーズから始まり、契約結婚という特殊な縁で結ばれた拓海とは、あまりいい別れ方ではなかった。つわりで食欲がない時や、湊人の夜泣きに寝不足でフラフラになりながら対応していた時などは、ひとりが辛くて泣いたこともある。

それでも拓海を忘れられず、恨んだり嫌いになったりできないでいるのは、ドイツで過ごした時間のほとんどが幸せな記憶だから。

信頼関係で結ばれていると思っていた契約上の妻から急に恋愛感情を向けられて迷惑だったにしても、もっと違う方法があったのではと思わないわけではない。

住む場所とお金だけを与え、それで他人に戻ってくれと言わんばかりの扱いには酷く傷ついたが、それ以前はずっと妻として尊重し、大事にされていたと思える。

拓海にとって恋愛感情を向けられるというのは、それほど厭《いと》わしいことなのではないかと考えた。

だとしたら、契約を破って裏切ったのは沙綾の方なのかもしれないと考えつつ、沙綾は意を決して問いかけた。

「あの、それで……どうして今さら私を探して調べたりしたんですか？」

「……今さら、か」

隣に座る拓海は渋い顔をして俯いた。

「事件が解決したら呼び戻すつもりだったが、連絡がつかなかった」

「事件？」

「それに、その頃すでに君には他に男がいると知った」

「……え？」

苦しげに見える表情で、眉間を押さえながら小さく首を横に振った。

その仕草は以前ドイツにいた頃に見た覚えがある。確か、契約結婚を後悔したことはないのかと聞いてきた、あの夜だ。

心がざわざわと落ち着かなくなっていく。

「いや、それも言い訳だ。契約に恋愛禁止と謳《うた》っていなかった以上過去を責めるつもりもないし、今さらと言われるのも尤《もっと》もだ。だが聞かせてほしい。君は」

熱い眼差しに囚われ、沙綾は身じろぎもできずに拓海を見つめ返す。彼は一体なにを言わんとしているのか、じっと次の言葉を待っていると。

「まーま、べんと！」

ピンと張りつめた緊張の糸を切るように、キッズスペースで夢中で遊んでいたはずの湊人が、猛ダッシュで沙綾のお腹めがけて突進してきた。

「うっ！」

「まーま、はーく！」

無邪気に笑う湊人だが、彼の頭部が無防備なみぞおちに思いっきり入り、沙綾はうめき声を上げる。

「み、なと……痛いよ。それに、人のおうちの中を走っちゃダメ」

「め？」

「そう。め！　危ないから走るのはお外だけだよ。わかった？」

「おしょと。あい」

「よし、いい子だね。お腹すいたの？」

「しゅいたのー」

神妙に聞いていたと思ったら、すぐに両手を上げてアピールする湊人を見て、拓海がフッと微笑みを零した。

「そうだな、お腹すいたな」

「たくみ、しゅいた?」

「あぁ、ぺこぺこだ」

「きゃはは、ぺこぺこー」

なにが可笑しいのか、湊人はいつの間にか拓海の膝に乗り、キャッキャとはしゃいでいる。

テンションの上がった湊人は、もはやなにを喋っているのかわからないような謎の言葉で拓海に攻撃を仕掛け、「みんにゃのやるき、かえちてもらう!」とフラッシュライターの決めゼリフまで披露していた。

笑い合う親子の姿を見て、沙綾は苦しくなって俯く。

本来なら、この光景が毎日当たり前に繰り広げられるはずだった。湊人からその機会を奪ったのは、間違いなく母親である自分なのだ。

それに拓海にとっても、自分の血を分けた息子がこの世に生まれている事実を、この先一生知らずに過ごさせてしまうのだと思うと、胸が締めつけられるように痛い。

「まーま」

「沙綾？　どうした？」

ふたりに呼ばれ、なんとか表情を取り繕って顔を上げると、湊人を拓海の膝から引き離した。これ以上、彼に懐かれては困る。

「いえ。なんでもないです。それよりも、本題だけ伺ったら私たちはお暇《いとま》します。さっきなにか言いかけてましたよね。すみません、湊人が邪魔してしまって」

「まずは昼飯にしよう。湊人くんもお腹が空いたそうだし。なにか取ろうか」

「そんな、私はここに長居するつもりは」

「湊人くん。お昼ご飯はなにを食べようか」

またしても沙綾の言葉を躱し、湊人に話を向ける拓海に非難の声を上げる。

「拓海さん！」

「べんと！　まーま、たべりゅ！　はーく！」

「べんと？　あぁ、弁当があるのか。どんな弁当か、俺にも見せてくれるか？」

「うん！　まーま、かしてっ」

結局、ダイニングテーブルに場所を移し、沙綾の作った弁当を三人で食べることになった。

足りなくならないよう多めに作ってきたとはいえ、どれもこれも湊人に合わせて作ったお子様用メニューで、拓海に食べさせるのは申し訳ない。

「すごいな、キャラ弁ってやつか」

「あの、拓海さんはご自身でなにか頼んでください。きっと足りないでしょうし、味付けも子供向けなので」

「大丈夫。沙綾の料理がうまいのは知ってるから」

目を細めて微笑まれ、久しぶりに自分に向けられた笑顔に心が浮き立つ。

（深い意味はない。一方的に契約結婚を終わらせたのは彼なんだから。きっともう私から恋愛感情を向けられていないと思って、安心して気安く接してるんだ……）

ときめく自分自身を戒めるようにぎゅっと目を瞑り、高鳴る心臓を落ち着かせた。

食事を終えると、満腹になった湊人はうとうとと船を漕《こ》ぎ出す。

向かい合わせに膝に乗せ「いい子ね、湊人。ねんねしようね」と背中をたたいてやると、あっという間に夢の世界へ旅立った。

「子供ってこんなに簡単に眠りに落ちるのか」

「お昼寝は比較的こんな感じですね。夜は逆に眠れなくてぐずったりもしますよ。腕がぱんぱんになるまで、ひたすら抱っこです」

「そんな大変な思いをしながら、沙綾はずっとひとりで育てているのか」

湊人が眠ったからか、急に昼食前の話題に戻り、ハッとして気を引き締めた。

「……なぜ今さら探したのかと、君は聞いたな」

拓海の眼差しに影が差す。耳に届く声音がグッと低くなり、沙綾は小さく身震いをした。

「契約結婚の期限はドイツに赴任した日から三年、今年の七月十日までだ」

「それは……」

「この子の父親はいないといったが、恋人は？」

「いっいません、そんな人」

ぶんぶんと首を横に振る。

「ならば問題ないな」

「問題ない、って？」

「契約期間終了まであと三ヶ月ある。少なくとも、それまで君は俺の妻だ」

沙綾は目を丸くして拓海を見る。

昨日も去り際に同じセリフを言われたが、意味がわからない。

そもそも契約妻が必要だったのは、赴任先でパートナー同伴のレセプションに出席する機会が多いからという理由で、拓海自身が『こっちにいる間だけの関係』だと、誰かとの電話でハッキリ言っているのを聞いた。

日本に帰国し、本省勤務になるのなら、もうその必要はないのではないか。

(それとも、こちらでもパーティーには奥さんの同伴が必要ってこと？)

混乱した頭で拓海がなにを考えているのかを推し量ろうとするも、彼の思考は少しも読めない。

「湊人くん、保育園は？」

「いえ、入れてないです」

「俺が渡したカードはまったく利用履歴がなかった。仕事はどうしている？」

「……私のこと、調べたんですよね？」

「そうだが、必要最低限だけだ」

必要最低限とは、なににとって〝必要〟なのか。

沙綾は疑問に感じながらも「在宅で翻訳の仕事をしています」と素直に答えた。

「在宅ならなお都合がいい。今週末は空いてるか？　俺も仕事の都合をつけてくる。そこで引っ越しをしよう」

「引っ越し!?」

「夫妻が同居するのに、そんなに驚くことはないだろう」

端正な顔に意地悪な微笑みを乗せ、沙綾を見つめてくる。

「ちょ、ちょっと待ってください。夫妻って」

「言っただろう。君はまだ俺の妻だ」

そう言い放つ拓海は冗談ではなく、本気で沙綾を妻に望んでいるように見えた。

「沙綾は自分と湊人くんの身の回りのものだけ纏めておいてくれ」

これっきり会わないで済むように、話があるなら聞こうと思ってついてきたはずなのに、契約期間の残り時間を、再び夫婦として過ごすだなんて。

「待ってください、そんな急に言われても困ります。それに私はもう湊人の母親です。恋愛も結婚もする気はありません」

「俺には三ヶ月しか時間がないんだ。近くにいてもらわないと打つ手がない。君の心を取り戻すチャンスを逃すわけにはいかない」

「私の、心？」

沙綾は首をひねるが、拓海は真剣な顔で言葉を紡ぐ。

「俺は、もう一度君の夫になりたい」

「拓海さん……」

「その子と血の繋がった男以上に、俺が湊人くんの父親になってみせる。この三ヶ月で君たちふたりが俺を信頼できたなら、今度こそ本当に結婚してほしい」

思いも寄らない展開に、沙綾はただ拓海の力強い瞳を見つめ続けていた。

6．ときめく三人暮らし

六月。夏本番にはかなり早いが、連日気温の高い日が続き、今日も抜けるような青空が広がっている。

二ヶ月前、当面の着替えや身の回りの必要なものだけを持って、拓海のマンションへ引っ越した。

急な契約結婚の再開に拒否の姿勢を示した沙綾だが、約三年前に交わした契約の正当性を主張され、期限は予定通り七月十日まで、ただし湊人が環境の変化に耐えられず、不安がる素振りを見せた時点で同居は解消するという条件付きで受け入れた。

そのため、母子ふたりで住んでいたアパートは解約しないままだ。拓海もそれに同意し、湊人を最優先に考えると約束してくれた。

ドイツにいた頃と同様、生活にかかる費用の一切を拓海がもつと主張したため、沙綾が家事を引き受けるはずだったが、拓海は首を縦に振らなかった。

「今は沙綾も仕事をしているし、湊人くんの育児もある。家事は分担するか、ハウスキーパーを雇えばいい」

そう言われたものの、ハウスキーパーを雇うだなんておこがましい気がするし、以前にも増して忙しそうな様子の拓海に家事をさせるだなんてできない。

来週に控えたG7や首脳会談の準備で、外務省だけでなく各省庁が慌ただしく動いているらしい。

ニュースでも各国のトップが何日に来日するのかなど、毎日のように報道されている。

拓海も例外ではなく、朝早く出勤し、夜は沙綾と湊人が眠った後に帰ってくることもしばしば。

顔を合わせるのは、出勤前のほんのわずかな時間だけだった。

三人での朝食を終えると、拓海は空になった食器をシンクに下げてくれる。

「ごちそうさま。ありがたいけど、無理しなくていいからな」

「無理はしていません。私と湊人も、この時間に朝ご飯なので」

本当は湊人とふたり暮らしだった頃は七時半まで寝ていたため、朝食は八時近くになることが多かった。

しかし拓海は毎朝八時前には出勤するので、ここで生活を始めてからは、一時間ほど早く起きる習慣がついた。

「たくみー、いったっしゃい」

湊人がとてとてと玄関まで走り、拓海の足元に抱きつく。

「いってきます。今日もちゃんとママの言うことを聞いて、いい子にしてるんだぞ」

「あい！」

拓海が元気いっぱい敬礼した湊人を抱き上げると、「たかーい！」と嬉しそうに足をばたつかせた。

突然の引っ越しや拓海との同居など、環境の変化に戸惑ってしまわないかと心配だった湊人は、彼が用意したキッズスペースが功を奏し、驚くほど新生活に馴染んでいる。

何度窘めても『たくみ』と呼び捨てにする湊人は、新しい友達ができた気分なのか、拓海にとてもよく懐いた。

拓海が出勤する時には玄関まで見送り、いってらっしゃいのハグまでするようになり、沙綾としては少し複雑な気分だ。

彼も最初は湊人との距離感に戸惑っていたようだが、年の離れた弟がいるせいか子供の扱いに慣れているようで、会話に簡単な単語を選んだり、話す時は目線を合わせるようにしゃがんでくれたりと気遣ってくれる。

自分の子供ではないと思っているはずなのに、なぜこんなにも優しく接してくれるのか。わからないまま時間だけが過ぎていく。

「いってらっしゃい。忙しいでしょうけど、拓海さんこそあまり無理しないでくださいね」

「ありがとう、いってくる」

そのまま背を向けて玄関を出ていくかと思いきや、拓海は沙綾を見つめたまま動かない。

「拓海さん？」

「そろそろ、沙綾もいってらっしゃいのハグをしてくれないかと思って」

「なっ」

口の端を上げて沙綾を見下ろす拓海の表情は、朝から噎《む》せてしまいそうなほどの色気を湛えている。

湊人の前でこの手の冗談はやめてほしいと、拓海を上目遣いに睨んだ。

「なに言ってるんですか。もう、朝からからかわないでください」

「からかってなんかない。大事な奥さんからもハグがあれば、もっと仕事が頑張れると思っただけだ」

「……そんなこと言う人でしたっけ」

照れ隠しで訝《いぶか》しげに眉を寄せた沙綾に、拓海はふてくされたような顔をした。

「君は公衆の面前だろうと愛を叫べる男が好みなんだろう？　さすがに俺は外でというわけにはいかないが……」

彼には珍しくボソボソとした話し方が聞き取れず、首をかしげた沙綾の頭をぽんと撫でると、拓海は今度こそ「いや、なんでもない。いってくる」と出ていった。

（恋愛感情を向けられるのを嫌がるくせに、あんなセリフ言うなんてずるい）

拓海が沙綾を急に遠ざけたのは、『好き』だと言ってしまったから。

それなのに、契約期限を理由にもう一度沙綾を妻に望んだ理由はなんなのだろう。

二ヶ月の間にレセプションへの同伴を頼まれることもなく、家事も負担にならない程度でいいという。

『この三ヶ月で君たちふたりが俺を信頼できたなら、今度こそ本当に結婚してほしい』

愛しているとも、愛してほしいとも言われなかった。

やはり、彼にとって結婚相手に求めているものは〝信頼〟なのだ。

外交官という職業には、しっかりと家を守り夫を支える妻の存在が必要だと考え、都合のいい沙綾を思い出したといったところだろうか。

あの頃、恋を諦めていた三年前はそれでもよかった。

辛い境遇から連れ出してもらう代わりに妻として振る舞う契約に、戸惑いはあれど拒否感はなかった。

だけど、今は違う。

愛されていない、形だけの結婚はしたくない。

ドイツで過ごしたほんのわずかな時間の中で拓海に惹かれ、契約とは関係なく婚姻届を提出して夫婦になれるのを待ち望んでいた。

それは拓海も同じ気持ちだと勘違いしてしまい、帰国する飛行機の中で涙が枯れ果てるほど泣いた。

二度と同じ過ちは繰り返したくないし、今はなによりも守るべき湊人がいる。

拓海に内緒で産んだ以上、今後も認知を求める気はないし、彼の子供だと打ち明けるつもりもない。

契約期間中はかりそめの妻として役目を果たすが、約束の七月十日がきたら、きっぱり拓海から離れなくては。

そう決意しているものの、拓海に懐いている湊人を見るたびに胸が痛む。

沙綾はぐらぐらと揺れる気持ちを持て余し、拓海が出ていった玄関でぼんやりと佇《たたず》んでいた。

＊＊＊

二日後の七月四日は、湊人の二回目の誕生日。

当初は関西に引っ越した夕妃と三人でバースデーパーティーをする予定だったが、電話で現状を伝えると、それなら家族で過ごす方がいいと、彼女はこっちに来るのをキャンセルしてしまった。

「待ってよ。家族で過ごすって言っても、あと十日で終わる関係なんだよ？」

『どうして終わりにするの？　プロポーズされてるんだし、湊人の父親なんでしょ？』

「そうだけど、彼は自分の息子って知らないし、湊人がいるからこそ、愛のない家庭なんて築きたくない」

沙綾が強い口調で言うと、夕妃は不思議そうに呟いた。

『愛、ないのかなぁ？　いくら契約期間が残ってるからって、三年も前に捨てた女を探す？　それに、他の男との子供がいるって思ってるのに結婚を考えるなんて、よっぽど愛がないとできないと思うんだけど』

〝結婚〟というワードに期待が首をもたげそうになるが、沙綾はいやいやとかぶりを振った。

「愛があるなら、急にひとりで帰国させて『連絡してくるな』なんて言わないでしょ。手切れ金まで用意して」

『なにか理由があるのかもよ？　その手切れ金だって、あのマンションを沙綾がそう思ってるだけでしょ？』

「だって、それ以外にあの無駄に豪華なマンションを用意された理由がないもん。だから、これ以上彼に深入りしたくない。きちんと終わりにしないと」

『……そう言うわりに今その人と一緒にいるってことは、沙綾はまだ彼が好きなんでしょう？』

夕妃の指摘に、グッと喉の奥が絞られ、息が詰まった。

『本当に嫌なら同居だって拒否できるでしょ、契約っていっても口約束なんだから。それをしなかったのは――』

「やめて」

言われなくてもわかっている。

拓海からの強引な契約続行の提案は、拒もうと思えば拒めた。

それなのに受け入れたのは、まだ沙綾が彼を忘れられず、どこかで自分を妻として求められて嬉しいと感じたからだ。

だけどそれを認めてしまえば、拓海への感情が溢れ出してきそうで怖かった。

沙綾が今一番に考えなくてはならないのは、湊人の幸せだ。

恋愛に一喜一憂している余裕はない。もう自分に恋は必要ない。

矛盾しているのはわかっているが、そう言い聞かせなくては強い母親でいられる自信が持てなかった。

「ごめんね、夕妃。でも私……」

『いや、ごめん。今のは私がデリカシーなかった』

「ううん、違うの。ありがとう、夕妃が私と湊人のこと考えて言ってくれてるってわかってるの。いつも本当に感謝してる」

『当たり前でしょ。親友なんだから』

「夕妃がいてくれて、本当によかった」

何度感謝してもし足りないほど、夕妃には頭が上がらない。

『だけど、今回の湊人の誕生日はやっぱり遠慮しておくよ。もしも沙綾に一緒に祝いたいって気持ちがあるのなら、それとなく話してみてもいいと思う』

「……うん、そうしてみる。ありがとう、夕妃。近いうちに、そっちに会いに行くから」

『私に会いにっていうか、ミソノを観に来るんでしょ。観たい舞台あったらメッセージ送っておいて。チケット確保しておくから』

「わーい！　夕妃愛してるっ」

『はいはい。その代わり、また湊人の動画送ってね！　一日の終わりに見て癒《い》やされてるんだから』

「ふふっ、了解」

互いに笑い合って、もう一度お礼を言ってから電話を切った。

彼女の助言通り、拓海が帰ってきたら、一緒に湊人の誕生日をしないか聞いてみよう。一緒に家でケーキを食べるだけでもいいし、断られたらそれはそれで仕方がない。

そう決意してふと振り返ると、すぐ後ろに拓海が立っていた。

「きゃっ！」

心臓が止まりそうなほど驚いた。久しぶりの電話に夢中で、玄関が開く音が聞こえなかった。

「お、おかえりなさい、ビックリしました。すみません、帰ってきたのに気付かなくて」

「誰と話していた」

「え？」

帰宅早々不機嫌そうな表情の拓海に首をかしげる。

先週大きな仕事を終え、そろそろ休みが取れそうだと言っていたが、やはり疲れが溜まっているんだろうか。

「すみません、うるさかったですか？　自室だと湊人が寝ているので、こっちで話してたんですけど」

「そうじゃなくて……沙綾、君はまだ……」

珍しく歯切れが悪く、いつもは黒く輝く瞳にも影が差している。

沙綾は根気強く拓海の次の言葉を待ったが、彼は話を変えてしまった。

「いや。それより、少し纏まった休みが取れそうだ」

「よかったです。ずっと忙しくてお疲れでしょうし、ゆっくり休んでくださいね」

なにを言いかけたのか気になったものの、しっかりと休養を取ってほしいのも本心なので、それ以上追求はしなかった。

すると「君たちさえよければ」と前置きをして切り出されたのは、沙綾にとってはタイムリーな話題だった。

「どこか三人で出かけないか」

「え？　でも、お疲れなんじゃ……せっかくのお休みなのに」

「いや、このくらいなんともない。それに、俺が君たちと一緒にいたいんだ。どこがいい？　聖地巡礼でもなんでも付き合うぞ」

こうしてさりげない優しさを見せられると、あの頃と同様の勘違いをしてしまいそうで困る。

〝聖地巡礼〟という言葉で、彼が自分とのドイツでの生活を忘れてはいなかったのだと思わされ、心の奥がきゅんと鳴った。

その音を聞こえないフリで平静を装いながら、沙綾は明後日が湊人の二歳の誕生日なのだと告げた。

「あの子の好きなヒーローショーが遊園地でやってるみたいで、それに連れていってあげようと思ってるんですけど」

「誕生日か。そんな大事な日に、俺も一緒で構わないのか？」

「もちろんです。お祝いしてやってくれますか？」

「ああ、喜んで。俺が車出すから、三人で行こう」

「はい」

＊＊＊

その二日後。

「まーま！　らいたーみんないりゅ！　はくしゃくも！」

「うん、スティール伯爵出てきたね」

「しゅごい！　あのね、びゅーんしゅるの！　ばーってきて、しゃきーんしゅるの！」

「そうだね、カッコいいね。ライターは伯爵に勝てるかな？　ほら、応援しないと負けちゃうってお姉さん言ってるよ」

「だめーっ！　がんばれー、らいたーれっど！」

大好きなフラッシュライターを間近で見て大興奮の湊人を膝に乗せ、沙綾も一緒になってヒーローショーを楽しんでいた。

世界中の名画を盗み、その絵に宿ったパワーを吸い取る『ヌスムンダー』のボスである怪盗スティール伯爵と、彼から名画を守る秘密警備隊フラッシュライターの戦いの終盤は、リーダー同士の一騎打ち。

「まーま、れっど、かちゅ？」

「どうかなぁ？　伯爵も強いから、わからないね」

湊人は当然ながらヒーローのフラッシュライターを応援しているが、沙綾は悪役ながらスマートな身のこなしの伯爵がお気に入りで密かに彼を推している。

「たくみ！　らいたーれっどよ！　みて！」

「あぁ、見てるよ。カッコいいな」

「ちゅかまるっ！　おうえんしゅるのー！」

隣に座る拓海の腕を掴み、一緒に応援しようと誘う湊人を見て、堪えきれないといった様子で笑った。

「ハハッ、本当によく似てるな」

「え？」

「ブランデンブルク門に行った時の君と同じ顔だ」

拓海が思い出すように目を細め、からかい混じりの表情を向けてくるので、頬が熱くなる。

「わ、私、こんな感じでしたか？」

「あぁ、まったく同じだった。可愛いな」

こぶしを上げて応援している湊人の頭をくしゃっと撫でる拓海の横顔を食い入るように見つめた。

（可愛いっていうのは湊人に言ったのよ。わかってるのに、無駄にドキドキする……）

ぎゅっと目を瞑り、小刻みに首を振る沙綾を横目で捉えていた拓海はクスッと笑うと、再びステージに視線を戻した。

ショーを見終えてからも湊人のボルテージは下がることなく、ステージに飾られていたパネルと写真を撮った後は、二歳児でも乗れるアトラクションを回っていく。

「がたんごとんありゅ！　みなと、あれのりゅ！」

必死に指を差していたのは、園内を走るカラフルな車体の汽車。

一目散に駆けていきそうな湊人と慌てて手を繋ごうとすると、「湊人くん、おいで」と拓海が湊人を抱き上げ、そのまま肩車をした。

「ほら、これでがたんごとんのところまで行こう」

「きゃー！　たくみしゅごい！　いこー」

肩の上で嬉しそうに跳ねる湊人を優しげな眼差しで見上げる拓海は、きっと誰の目にも優しい父親に見えるに違いない。

（喜んでくれてよかった。今日がこのまま終わらなければいいのに……）

楽しそうに遊ぶ湊人を見て、沙綾は改めて拓海と一緒に来てよかったと感じた。

汽車に乗って園内を回り、レストランでランチと休憩を取った。

「湊人くん、お誕生日おめでとう」

「おめでとう、湊人」

ジュースで乾杯すると、まだ誕生日を理解しきれていない湊人は一緒になって「おめっとー」とにこにこ笑う。

「ふふっ、そこは『ありがとう』だよ」

「ありあと？」

「そう、お祝いしてくれてありがとうってするの」

「あい！　まーま、たくみ、ありあとー！」

素直に満面の笑みで『ありがとう』を言う湊人が可愛くて、沙綾はぎゅっと彼を抱きしめる。

「いい子だな」

「手前味噌《てまえみそ》ですけど、本当に素直ないい子に育ってくれてます」

『ひとり親だから』と将来色々と言われないように、言葉を理解し始めた一歳半くらいからは、かなり神経質なくらい躾について悩みながら育ててきた。

静かにしないといけないところ、走ってはダメな場所、食事の仕方など、まだすべてはわからなくても厳しく言い聞かせ、叱りすぎてしまった自分を反省して、ひとり寝顔を見ながら泣いた夜も一度や二度ではない。

それでも『まーま』と愛らしい顔で笑いかけ、離れまいとくっついてくる湊人が、沙綾を母親として強くしてくれた。

「愛情をしっかり受け取っている証拠だ」

「そう、だといいんですけど」

「そうに決まってる。湊人くん、ママは好きか？」

「うんっ！　だいしゅきー！」

「そうだよな、俺もだ。一緒だな」

お子様ランチのカレーを頬張り、ベトベトの口で笑いながら「たくみといっしょ！」と嬉しそうに見上げてくる湊人に、沙綾はうまく返せずに曖昧に笑うしかできなかった。

（一緒って……。だから、そういうのが自惚れそうになる原因なのに……）

同居をし始めてから、こんな風に勘違いさせるかのような言動が多い。

どちらかと言えば寡黙で甘さを見せる人ではなかったはずなのにと、沙綾は戸惑いと羞恥から無言で食事を進めた。

「ちゅぎ！　あれのりたい！」

「あっ、湊人待って。ひとりで行っちゃダメだよ」

あっという間に食べ終えた湊人が指した先には、ファミリーゾーンと呼ばれるゲームなどが置いてあるアーケードが見える。

ワンコインで動くパンダカーを見つけた湊人と一緒に腰を上げた沙綾を制して、拓海が席を立って振り返った。

「大丈夫、俺が行く。せっかく可愛い格好なんだから、今日は走らずゆっくりして」

はしゃいで飛び回る湊人を追う拓海の背中を見ながら、頭の中は今の彼の発言でいっぱいだった。

湊人は自分で歩けるようになった一歳を過ぎた頃からベビーカーや抱っこ紐《ひも》を嫌がるようになったため、沙綾は動きやすさ重視のシンプルなパンツスタイルが多く、いつも同じような格好になりがちだ。

しかし今日は珍しく湊人以上に自分の支度に手間取った。

いつもと変わらないコーディネートでいいはずなのに、なにを着ていこうか迷い、クローゼットから服を出しては戻すという時間を久しぶりに体験した。

朝の貴重な時間を費やした結果、普段は湊人に汚されてしまうため敬遠している白のノースリーブのブラウスに、夏らしい鮮やかなグリーンのキャミワンピースを重ね、足元は黒のスポーツサンダルを合わせている。

髪の毛もいつもはひとつで纏めるスタイルが多いが、今日は肩につく髪のサイドを編み上げ、緩いハーフアップにしていた。

特別甘くデート仕様という格好ではないが、スカートを穿《は》いて出かけること自体少なくなったため、いつもよりも少しだけおしゃれに気を遣った格好でむず痒い。

それに気付いているのか、さりげなく褒められ、沙綾は嬉しくて頬が緩んだ。

『今その人と一緒にいるってことは、沙綾はまだ彼が好きなんでしょう？』

夕妃の声が頭の中で響く。

拓海と再会して以来、ずっと心の奥底に押し込めていた気持ちが、ふとした瞬間に弾けて零れてしまいそうになるのを、沙綾は必死で堪えていた。

それなのに、拓海はそんな沙綾の努力を無駄にするかのごとく、次々とこちらの困るようなセリフを投げつけてくる。

（あの時、私の心を取り戻すって言ってた。どういう意味？　私からの好意は不要だったんでしょう……？）

もう恋はしない。

そう決めた覚悟が揺らいでいるのを自覚しながら、それでも素直に気持ちを伝える勇気をもてないでいた。


閉園間際まで時間を忘れて遊び尽くした湊人は電池が切れたように眠ってしまい、彼の腕の中には、誕生日プレゼントに拓海に買ってもらったぬいぐるみが大事そうに抱かれている。

「湊人くんは最近急激に言葉が増えた気がするな」

「そうなんです。二歳前後で二語文を話すようになるとは聞いていましたけど。成長スピードが早くて私もビックリしてます」

これまではほとんど単語でしか話せず、周囲の大人の会話を聞いて語彙を溜める時期だったのが、ここ一ヶ月で溢れ出るように喋り始めた。

成長が嬉しい反面、赤ちゃんっぽさがどんどん抜けていくのが少し寂しくもある。

「二歳か。少しずつ色んな物事を理解していく歳だな」

拓海の発言に、感傷に浸っていた沙綾はギクッと身体を強張らせる。

深く考えずに湊人の誕生日を教えたけれど、計算すれば拓海の子だとバレてしまうのではと、今さらながらに気が付いた。

バクバクと心臓の音が身体中に響き、夏の暑さのせいではない汗が滲む。

しかし拓海はそれ以上なにか言ってくる様子はなく、沙綾はこっそり胸を撫で下ろした。

賑やかにはしゃぐ湊人の声が消えると互いに言葉が続かず、遊園地を楽しむ客の遠い声と、小さな寝息だけがふたりの間にたゆたう。

ぐっすりと眠った湊人を抱っこしてくれる拓海の隣を歩きながら、何度も繰り返した疑問が再び脳裏に浮かんできた。

(拓海さんは一体なにを考えているの？　どうして私を探してまで契約の続きを迫ったの？　湊人を他の男性との子供だと思っているのに……)

こうして一緒に湊人の誕生日を祝えたことは素直に嬉しい。

夕妃にはもうすぐ終わる関係だと強がったけれど、一週間後に控えた別れの時が来なければいいのにと、今日は何度も思った。

だけど、彼が求めているのは信頼関係で結ばれた妻。沙綾が心の底で欲しているものとは違う。

「重くないですか？　寝ちゃうと熱いですし」

沈黙に耐えきれず、沙綾は拓海に何気ない話を振ったつもりだった。

「いや。重みも熱さも苦ではない。それもまた幸せだ」

まさに幸せそうな顔で湊人の顔を覗きながら言う彼に、沙綾は息をのむ。

まるで大切な我が子に対するような想いを口にする拓海を見て、沙綾から無意識に言葉が零れた。

「……どうしてですか？」

ピタリとその場に足を止めた沙綾を訝しみ、拓海が顔を覗き込んでくる。

沙綾の目にはうっすらと涙の膜が張り、高ぶった感情が抑えきれなくなっていた。

「どうして湊人に、そこまでよくしてくれるんですか？」

今日だけでなく、何度も感じていた。

マンションに湊人用のキッズスペースを作っていてくれたことに始まり、車にはチャイルドシートも取りつけてあった。

朝の忙しい時間にも湊人との会話を大事にしてくれたし、小さな成長を見逃さずにいてくれる。

こうして誕生日を祝い、決して軽くない二歳児をずっと抱っこして幸せだと言ってくれる理由を、沙綾は見つけられなかった。

「自分の子供ではないと思ってるのに……どうして」

拓海は言葉を詰まらせた彼女のそばに立ち、湊人を片手で抱き直してから、そっと大きな手を沙綾の頬に添える。

温かい手の感触に、俯いていた顔を上げた。

「たとえ俺と血が繋がっていなくても、君の子だ。愛しいに決まっている」

驚きに目を見開いた。

（私の子だから、愛しい……？）

すると、拓海は沙綾の表情を見て優しく微笑み、彼女の目尻に溜まっている涙を拭う。

「沙綾の心の中に、俺に対する壁があるのはわかってる。だが、どれだけかかったとしても、俺はその壁を壊してみせる」

「拓海さん……」

「契約の最終日、君に話がある。聞いてくれるか？」

彼がどんな話をする気なのか見当もつかない。それが沙綾にとって〝いい話〟なのかもわからない。

だけど聞きたいと思った。

拓海がなにを思ってこの生活をしているのか、なぜ自分を探し結婚を望んでいるのか、そして、今の言葉の真意を……。

「はい。私も、お話したいことがあります」

今日こうして一日中三人で過ごして、沙綾の心の中に芽生えた思い。

(本当のことを、伝えてもいいのかもしれない)

ずっと言ってはいけないと思っていた。湊人を守らなくてはと、頑なに考えていた。

だけど拓海は湊人をこの上なく大切に考えてくれているのが伝わるし、恋愛感情ではないにしろ、沙綾と結婚したいという意思をもっている。

(もう一度、私が拓海さんを恋愛的な意味で好きだと伝えて、その上で結婚したいという意思が変わらないのか聞いてみたい。もしも頷いてくれたら、その時は湊人の父親はあなただって、話してもいいかな……)

沙綾は契約結婚を承諾した日を思い出した。

『俺は、君を裏切ったりしない』

あの真っすぐな瞳に偽りはなかったと思う。だからこそ、強引さはあれど提案に頷いたのだ。

湊人を抱く拓海と見つめ合い、沙綾の鼓動はトクトクと速まっていく。

沙綾を包み込むような眼差しは温かく、そこにはやはり愛があるように思えて自惚れてしまう。

「あぁ、わかった」

頷いた拓海が、ゆっくりと顔を寄せてくる。

沙綾はそれを察しながら、避けることも手のひらで制すこともしないで、そっと目を閉じた。

（やっぱり、私はこの人が好きだ……）

久しぶりに感じる拓海の唇の熱を覚えていた自分が切なくて、じわりと目頭が熱くなる。

「沙綾」

この上なく至近距離で名前を呼ばれた。

触れ合うだけの口づけは一瞬で、気まずさと照れくささで口を真一文字に引き結んだまま顔を上げられそうにない。

（寝てるとはいえ、湊人もいるのに。私、なんてこと……）

そんな沙綾の内心に気付いたのか、拓海が湊人を両腕で抱き直しながら小さく苦笑した。

「悪い、今日一日ずっと一緒にいられたのが嬉しくて浮かれてるんだ」

「拓海さん……」

「帰ろうか」

拓海の言葉に頷いたきり、駐車場へ向かうふたりの間に会話はない。

しかしその場の空気は嫌なものではなく面映《おもは》ゆさからくる沈黙で、沙綾は心が浮き立つのを感じた。

(どんな話なんだろう。ううん、楽しみだって期待するのはまだ早い。それで一度ボロボロになるほど泣いたんだから)

期待していないと言えば嘘になるが、三年前の辛かった記憶が舞い上がりそうになる沙綾の感情を牽制する。

すべては来週、話を聞いてから。なによりも、まずは湊人を優先に考える。

沙綾は自分に言い聞かせるように何度も心の中で唱え、心を落ち着けたのだった。

7．言えなかった真実《拓海Side》

助手席でぐっすりと眠る沙綾の寝顔を見ながら、拓海は彼女と結婚するに至った三年前の出来事を思い出していた。

外務省へ入省すると、一ヶ月間本省での前期研修を終えた後、在外研修と呼ばれる習得したい言語を母国語とする大学へ留学する。

拓海は三年間ドイツに渡り、研修語の習得をしながら実務を学んだ。帰国後は配属された経済局で国際貿易や国際経済に関わる外交政策の立案に携わり、外交官としてのいろはをたたき込まれた。

上司は皆体育会系で、よくも悪くも昔ながらの風習が残っている。

結婚し家庭を持ってこそ一人前といった風潮も廃れておらず、当時の上司から見合いを勧められては面倒で断っていたが、いよいよドイツ大使館へ政務経済班の中枢を担う配属が命じられると、タイムリミットと言わんばかりに勝手に婚活パーティーへエントリーされていた。

嘆息しながらも、一対一の見合いよりはマシだろうと渋々行った会場で出会ったのが沙綾だ。

出身大学が同じだったとはいえ、ほとんど話した覚えもなく、サークル内に綺麗な英語を話す新入生がいるなという印象のみ。大学を卒業して以降、会ったこともない。

それでも自分の直感で『結婚するならこの子がいい』と思い、その場で結婚を申し込んだ。

こちらの手の内を見せて信頼を誘い、〝契約結婚〟というワードを使って互いのメリットを示し、雑談も交えながら彼女の情報を手に入れる。交渉術の常套《じょうとう》手段だ。

パーティー会場からバーに場所を移して話をする中で、趣味について熱く語る沙綾を可愛らしいと感じたし、職場で理不尽な目に遭っていると知ると、アルコールも手伝って潤んだ瞳で話す彼女に庇護欲《ひごよく》が湧いた。

拓海以外は聞いていないのに彼氏や後輩の女性を悪く言わず、ただ現状を悲しんでいる沙綾に焦れったさを感じ、救ってやりたいと強く思った自分に驚いた。

アポも取らずに職場に出向き、聞いていた以上に劣悪な環境に舌打ちをしながら、彼女が着替えに席を外している間に、元彼で上司だという男に言い放った。

『沙綾を泣けないほど傷つけたのは誰だ。目の前で涙を零されないと悲しんでいないと思うなんて浅はかすぎる。まぁ、だから嘘泣きにはあっさり騙《だま》されるんだろうが』

『お……お前になにがわかる！　あっさり営業成績を抜いて、目の前で話す英語も俺よりうまくて、男を立てられないような女なんて……』

『僻《ひが》みか。見苦しい。二度と彼女に顔を見せるな』

その後、あの旅行代理店には監査が入り、やはり営業停止処分が出た。

労働環境の悪さだけでなく、貸切バスを利用した国内旅行において下限を下回る運賃でサービスを手配していたのが発覚し、道路運送法に抵触していたらしい。

さらに社長の脱税疑惑も持ち上がったり、パワハラの内部告発があったりと、今や悪い意味でマスコミに注目されている。業務再開は厳しいだろう。

退職後、肩を震わせて泣いていた彼女は、これを聞いて色々と吹っ切れるだろうか。

それとも、優しい彼女は胸を痛めるだろうか。

いつの間にか彼女のことばかり考えていた。

母親が身勝手に浮気をして出ていった過去もあり、女性に対してはドライであると自覚している。

恋愛にのめり込んだ経験もなければ、心から女性を信頼したこともない。

しかし、沙綾ならば信じられる気がする。

その直感が確信に変わったのは、聖園歌劇団の大ファンだという彼女に付き合い、ベルリンの壁を見に行った時だ。

芝居の舞台となった観光地で写真を撮りたいだけかと思いきや、彼女の発言に心を射抜かれた。

『聖地巡礼なんて言ってますけど、実際にあった歴史の中の悲劇ですから。まずはちゃんと学んで、追悼してから観光を楽しもうかなって』

その土地の歴史を知り、魅力に触れようとする姿勢が好ましく、拓海の外交官としての矜持《きょうじ》を擽るような発言で、沙綾の素直で純真な人柄に惹かれた。

その後もレセプションに向けて出席者の情報をあらかじめ調べて臨もうとする真面目で健気なところや、日本人外交官の妻として着物を着て出席する機転、さらにその場での振る舞いや気遣いなど、すべてが拓海の琴線に触れてくる。

『恋愛に興味がない』などと言いながら沙綾への愛しさが抑えきれず、〝夜の夫婦生活もなし〟という当初の契約を破り彼女を抱いた。

もちろん嫌がられればすぐに引くつもりではあったが、沙綾は受け入れてくれた。

その後はなし崩し的に寝室を同じにして、彼女との甘い新婚生活を堪能した。

自分がこんなにもひとりの女性を愛することができるのかと、初めての感情に振り回されながらも、それが心地よく感じる。

契約結婚を持ちかけた頃からは考えられないほど、沙綾との未来しか見えない。

三年間の契約ではなく、一生そばにいてほしい。

彼女の誕生日に入籍する際そう伝えようと決めて、婚姻届や指輪も抜かりなく準備していた。

しかし、幸せな時間は長くは続かなかった。

拓海が当時携わっていたのは、日本とドイツが主導する環境政策の企画立案で、国連総会やG7でも議論を交わす大きな政策を取り纏めるには、莫大な時間と労力、そして情報が必要となる。

環境先進国のドイツと各国の足並みを揃えるのはもちろん、どんな政策にも反対意見は付き纏い、指摘されそうなウィークポイントをひとつずつ潰していくのも骨が折れる作業だ。

日本の内閣官房を含む他省庁や、ドイツの連邦政府と密接に協力し合い、少しずつ形にしていく。

責任の大きさに緊張感はあれど、気分が高揚し世界を相手に仕事をしていると実感できる。

国際社会のためになる仕事に誇りを持ち、必死に職務に当たっていた拓海だが、不穏な情報を耳にした。

「嫌がらせ？」

「そう。これで三件目だ」

大きなため息をつく同僚の話によると、日本の外交官の自宅に生ゴミが送りつけられたり、車がパンクさせられたりしていたという。

さらに大使館に届いた手紙。

【環境政策から手を引け。我らを苦しめる輩に〝明るい未来〟はない】

赤い文字で書き殴られている手紙は、禍々《まがまが》しい気配に満ちている。

同僚から見せられた手紙に眉をひそめた。これは、まるで脅迫だ。

嫌がらせに屈して政策を変える気はさらさらないが、皆で周囲には気を配ろうと話していた矢先、黒澤大使の愛娘が交通事故に遭ったと連絡が入った。

「娘さんの安否は？」

「怪我は大したことないそうだが、ぶつかった車はそのまま逃げていったらしい」

「おい、それって……」

大使館に緊迫した雰囲気が漂う。

もしも事故を起こした人物が、この一連の嫌がらせの犯人と同一だとしたら。

その場にいた全員の脳裏をよぎった仮定に、拓海に戦慄が走った。

（家族まで狙われる？　冗談じゃない。沙綾……！）

脅迫文とも取れる手紙の文面から、犯人は拓海たちが推し進めている政策の反対派、おそらく石炭や石油を扱う企業ないし組織の人間ではないかと推察された。

ドイツではすでに環境税という石油や電力に対する課税があり、さらに環境対策で脱炭素の動きが活発化すれば、炭鉱や石炭発電で働く多くの労働者が職を失うかもしれないと危ぶんでいるのだろう。

当然拓海たちもそこを考えて政策に不備が出ないよう尽力している最中だが、強硬手段に出られては対話のしようがない。

すぐに連邦警察に連絡を入れ捜査が開始されたが、大使館を狙った嫌がらせは国際問題に発展しかねないとの懸念から、厳重な箝口令《かんこうれい》が敷かれた。

（この事件が解決するまで、沙綾を一時帰国させよう。俺の妻だと知られれば、次の標的は彼女になるかもしれない）

そこまで考え、拓海はあることを思い出した。

黒澤大使の公邸で、彼からミヒャエル・マイヤー氏を紹介された時、沙綾がある男に声を掛けられていたらしい。

馴れ馴れしく身体に触れてくる男で、モニカ夫人の機転で事なきを得たと聞いているが、確かそこにいた婦人たちは彼をBEL電力の社長の長男だと言っていた。(彼が嫌がらせに関わっていると断定はできない。だが、もしそうだとすれば、沙綾は確実に顔を知られている。一刻の猶予もない)

拓海は本省に勤める同期であり親友の雨宮仁《あまみやじん》に連絡を取り、沙綾を帰国させる段取りを頼んだ。

万が一を考え、セキュリティが万全なマンションを探してもらい、入居の準備を進めながら航空便を手配した。

箝口令が敷かれているため、いかに家族といえども事情を話せない。

ただ沙綾のためとはいえ、無期限でひとり帰国を強いるには抵抗があった。

言い出すきっかけを掴めず、拓海らしくなく焦っていたのは否めない。

帰宅後、気付けば不安や焦燥を吐き出すように、饒舌に話していた。

「沙綾が結婚に頷いてくれてよかった。身勝手な申し入れをしたとわかってはいるが、君じゃなければ、きっとこんな風には思わなかった」

すると、沙綾は拓海に寄り添いながら微笑んでくれた。

「私も、拓海さんについてきてよかった」

「沙綾」

「急な契約結婚の話には驚きましたけど、今となっては本当によかったたって思ってます」

口を挟まず、ひたすら聞き役に徹した後、ゆっくりと噛み締めるように頷く彼女を見て、拓海の胸は切なく疼いた。

こんなにも健気で愛しい沙綾を、なにも説明もできずにひとり日本に帰すなんてしたくない。

しかし、彼女を危険な目に遭わせるわけにいかない。誰よりも、なによりも守りたい存在だった。

「本当に？　後悔したことはないのか」

「え？」

「外交官は国の政策にも深く関わるため徹底した守秘義務があり、国益のために働けば敵を作る事態にもなる。それでも君は……」

初めて感じる胸の痛みに顔をしかめる拓海を、沙綾は真っすぐに見つめていた。

「私は拓海さんの提案に頷いたのを、後悔したことはありません」

そして、彼女は気持ちを言葉にして伝えてくれた。

「あなたが好きです」

高すぎず、落ち着いた涼やかな声。

〝好き〟という言葉に込められた気持ちが、スッと染み込むようにシンプルに胸に届いた。

これまで交際してきた女性から愛を告げられても、なにも響かなかった。

見た目や職業だけに向けられている言葉だと理解しているからこそ、彼女たちに対し失望もしなければ信頼や愛もない。

その場しのぎの言葉を嫌う拓海は、これまで誰にもその言葉を使ったことがない。

だが沙綾だけは違う。

〝君が好きだ〟と、〝愛している〟と伝えたい気持ちが溢れて止められなかった。

そのまま激情に流されるように沙綾を抱き潰し、我に返って頭を掻きむしる。

（今はまだ伝えられない。この気持ちを言葉にしてしまえば、もう一時も離せない。

彼女を日本に帰せなくなる……）

自分勝手だとわかってはいたが、この事件が解決し、沙綾をドイツに呼び戻す日がきた時に、自分にとって特別な初めての言葉を贈ろうと心に決めた。

疲れ果てて眠る沙綾の髪を撫で、そっと額にキスを落とす。

起こさぬようリビングに移動すると、仁に電話を掛けた。

「俺だ。頼んでいた件、どうなった？」

『あぁ。ちょうど今、マンションの電子契約書をお前のパソコン宛に送った』

「そうか。助かる」

『……本当にいいのか？』

電話の向こうから仁の気遣わしげな声が聞こえた。

同期として長い付き合いで、拓海をよく知っている仁は、彼が女性のために必死になるところを見たことがなかった。

だからこそ婚活パーティーで会った女性と結婚すると聞いた時は驚いたし、その一連のやり取りも知っている。

いつしか拓海が沙綾に本気で惚れていたのも、仁は見抜いていた。

「嫌がらせや脅迫文に加えて、大使の娘さんが事故に遭ったんだ。タイミング的に無関係とは思えない。彼女は帰国させる」

『帰国させてしまえば、お前が直接守ることはできないんだぞ。それに、彼女はお前の妻として顔を知られている可能性があるんだろう？』

「幸い入籍前で名字も違う。こっちではレセプションで顔を知られている可能性があるが、妻として紹介したのは限られた相手にだけだ。日本へ帰してしばらく連絡を断てば赤の他人だ。こっちにいる間だけの関係だと思ってくれるだろう」

『幸いって……彼女の誕生日を記念日にするって、指輪も用意してたんだろう？』

その通りだが、そうでも言わないと決意が鈍ってしまいそうだった。目を伏せると、自室のチェストに入れてある婚姻届と指輪が脳裏をかすめる。

拓海は迷いを振り切るように小さく息を吐き出すと、強い決意を持って顔を上げた。

「二ヶ月以内には解決して、必ず呼び戻す」

『随分短期決戦だな。目星はついてるのか』

「まあな。だが証拠がない」

レセプションに出席していたＢＥＬ電力の社長の息子、マッテオについて、調べを進めていた。

現在、彼は電力会社の本社でなく、その下にある石炭発電所の所長を務めており、普段は物静かで神経質な性格だが、酒を飲むと人格が変わったように大柄な振る舞いをするのは所内では有名な話らしい。社長の父親も、息子の酒癖の悪さには頭を抱えていると聞く。

『早期解決しそうだというのにわざわざマンションを用意するのは、不特定多数が出入りするホテルよりも安全だからか。それとも、彼女を囲っておきたいからか？　なんにせよ、ものすごい入れ込みようだな』

「言ってろ。お前もそのうちなによりも大切にしたいと思う女が見つかる」

『そうだといいけどな』

その後、仁が探してくれたセキュリティのしっかりしている高層マンションの契約を済ませ、沙綾にはほとんどなにも説明をできないまま帰国してもらった。

本来ならば、もう少し事情を説明する予定だったが、再び外交官に対しての嫌がらせが起き、そちらの対応で手一杯になってしまった。

彼女は呆然としていたが口を挟んでくることはなく、俺の様子からなにかただ事ではない事態が起きているのだと察していたと思う。

「詳しい事情は落ち着いたら必ず説明する。今は急いで日本へ戻るんだ。俺が連絡するまで、悪いが沙綾からは連絡しないでほしい」

今言えるのはこれしかない。

相手がどんな手段に出るかわからない現状では、迂闊に沙綾と連絡をとるのも躊躇《ためら》われる。

念には念を入れ、外務省と彼女との繋がりを今だけは断ち切っておきたい。

「必ず連絡する。待っていてほしい」

胸の中の煮えたぎるような情熱を必死に捩《ね》じ伏せ、ただ一言にすべての想いを込めた。

沙綾は戸惑いと悲しみを浮かべた瞳で拓海を見上げるだけで頷きはしなかったが、それでも拓海は盲目的に信じていた。

『好き』だと言葉にしてくれた彼女が、健気に自分からの連絡を待っていてくれると。

(今考えれば、とんだ思い上がりだ……)

契約はドイツにいる間の三年間。レセプションで妻のフリをしてほしいと頼んでの結婚だった。

帰国して妻として振る舞う必要がないのなら、沙綾を縛るものはない。

契約結婚を迫った揚げ句、なんの説明もなく急に帰国させた男を、いつまでも想ってくれる女性がどこにいるというのだ。

沙綾の想いに胡座《あぐら》をかき、いつまでも自分を好きでいてもらえると驕《おご》っていた自分自身に腹が立つ。

彼女が他の男と交際をしていると知ったのは、沙綾が帰国して三ヶ月経った頃だ。

すぐに捕まるだろうと思っていた脅迫まがいな嫌がらせの犯人探しは予想以上に難航し、なかなか沙綾に連絡できないでいた。

送られてきた手紙やパンクさせられた車からは犯人に繋がる証拠は見つからず、環境政策に携わる外交官の周囲に見張りを付けたり、防犯カメラなどで対策を打ち、再犯を防ぐのみ。

最終的に解決の糸口を掴むきっかけになったのは、黒澤大使の娘を巻き込んだ交通事故。

比較的人通りの多いカフェが密集した場所での事故だったことから、同じ場所に来ている人に連日聞き込みをして目撃者を探すと、そのうちのひとりが逃げ去る車の様子を動画で撮影しており、解析の結果、その車の持ち主がマッテオだと発覚した。

すぐに連邦警察が事情聴取に向かい、最初は否認していたマッテオだが、車からなにかにぶつかったような跡が見つかり、翌日には観念して自供を始めた。

電力会社の社長である父親の代理で出席したレセプションで、与党の有力議員と日本の外交官が環境政策について話しているのを聞き、このままでは自分の石炭発電所が閉鎖の危機にさらされるのではないかと不安になった。

なんとかその政策にストップをかけられないかと考え、ちょっとした脅しをかけようという安易な気持ちだったらしい。

ただ交通事故については、相手に怪我をさせるつもりはなかったと話した。

レセプションで会った着物姿の日本女性が忘れられず、街中で彼女に似たアジア系の女性を見つけ、車で近寄ろうとした際に誤ってぶつかってしまっただけで故意ではない。

怖くなって逃げた、申し訳なかったと罪を認めた。

マッテオの供述を聞き、拓海はお騒がせで自分勝手な彼を腹立たしく思うと同時に、沙綾を帰国させておいて本当によかったと胸を撫で下ろした。

父親の電力会社はまったく絡んでおらず、彼ひとりの犯行だったため大事にはされずに事件はひっそりと処理され、ようやく大使館に平穏が戻った頃には沙綾を帰国させて二ヶ月以上経っていた。

彼女の誕生日はとうに過ぎ、一緒に出しに行くはずだった婚姻届は、右半分がいまだ空欄のまま拓海のポケットで眠っている。

ようやく安心して連絡ができると真っ先に沙綾に電話をしたが、なぜか『この番号は現在使われておりません』というアナウンスが流れてきた。

何度掛けても同じで、怪訝に思いながらマンションのコンシェルジュサービスに連絡し、沙綾に電話をするように伝言を頼んだが、一向に連絡がない。

痺れを切らし、大学生の弟にマンションまで沙綾の様子を見に行ってもらおうと考えたのが、年の瀬も押し迫った十二月下旬。

仁に頼もうかとも思ったが、彼は年明け早々ウィーンの大使館に異動が決まり忙しくしている。私用で頼るには申し訳なく、冬休みで時間のありそうな弟の大地《だいち》に協力を求めた。

快諾してくれたことにホッとしたのもつかの間、後日大地から聞かされたのは、沙綾が他の男と親しそうにマンションに入っていったという信じがたい事実だった。

『兄貴の嫁、浮気してる。相手はすげぇ美形って感じの若いイケメンだった』

「……まさか。人違いじゃないか？」

『いや、沙綾って呼ばれてた。俺だって兄貴の選んだ人が浮気するなんて思いたくなかったから、何回か見に行ったんだ。間違いないと思う』

（沙綾が別の男と……？）

『兄貴のマンションの前で「君への愛は永遠だー」みたいな芝居がかった甘いセリフで口説かれてる感じだったし、相手の奴を「ユウキ」って呼んでたのも聞こえた』

さらに大地は、ふたりのツーショットの画像を送ってきた。後ろからのアングルで相手の顔は見えなかったが、安心しきった満面の笑みで隣の人物を見上げる横顔は間違いなく沙綾だ。

腰に手を回され、沙綾もまた隣の人物の腕に手をかけている。明らかに親しさが垣間見えるその写真を見て、頭を鈍器で殴られたような衝撃を受けた。

契約結婚から始まった夫婦とはいえ、レセプションの夜を境にふたりの関係はガラッと変わった。

拓海についてドイツに渡ったことを後悔していないと言い切り、好きだと涙ながらに伝えてくれた可愛い沙綾。

あれは嘘だったと？

いや、彼女はそんな女ではない。あの時は本気で自分を想ってくれていたのだろう。だとすれば帰国してからの数ヶ月で、本当に愛想を尽かされてしまったのだ。

考えてみれば、詳しい説明もなく帰国させただけでなく、沙綾の告白に対してなにも応えていない。

言葉にできない想いをぶつけるかのごとく貪《むさぼ》るように抱いた夜を思い出し、拓海は頭を抱えた。

両親のように記念日にしたいと言っていた誕生日にそばにいられず、気の利いた愛の言葉も告げられない。おまけに二ヶ月以上連絡を寄越さない男など、もう見限ったのだろう。

（だから連絡先を変えたのか……）

連絡手段がないのなら今すぐ日本に飛んで直接彼女と話をしたい気持ちはあったが、形にしなくてはならない施策や条約が山のようにある。

他の男と幸せに暮らしているのなら、もはや自分の出る幕はないのだ。

拓海は無心で目の前の仕事に打ち込み、沙綾を帰国させてから二年。長期の休暇をとって日本に一時帰国した時には、マンションはもぬけの殻だった。

テーブルには不自由しないよう渡したカードが置いてあり、彼女がここに住んでいた痕跡はなにひとつ残されていない。

なにかを察したようなコンシェルジュから申し訳なさそうに小さな封筒を渡され、中を見ると部屋の鍵だけが入っていた。

（やはり、俺は振られたのか……）

大地から聞かされた話が現実味を帯び、沙綾を失ってしまったのだとじわじわと実感となって襲いかかる。

それでも一縷の望みをかけ、拓海は知り合いを通じて沙綾を探した。

こそこそと調べ回るなどストーカーのようで気が引けたが、彼女の口から事実を聞かないとどうしても諦めきれない。

期限は休暇で帰国中の一週間。その間に見つからなければ、もうすっぱり忘れようと決めた拓海だったが、紹介された興信所は想定以上に優秀だった。

五日もかからずに沙綾の居場所を突き止め、翌日には彼女が未婚で子供を産んでいることまで調べ上げた。

(子供……？　それも、未婚だと？　ユウキとかいう男はどうしたんだ)

弟から聞いた話だと、マンションの外だというのに人目も憚らず愛を叫ぶ情熱的な男らしい。

沙綾のために用意したマンションで自分以外の男と愛を育んでいたのかと思うと嫉妬で狂いそうだが、彼女が幸せならと断腸の思いで諦めようとしていた。それなのに、子供を授かっておきながら彼女をひとりにしているユウキという男に対し腸《はらわた》が煮えくり返る思いだった。

マンションを引き払い、呆然としたままドイツに戻った拓海は、何度も自問自答し、ついに答えを出した。

(沙綾を取り戻す。他の男との子がいようと関係ない。子供ごと愛してみせる)

そう決意した拓海を後押しするかのごとく七月までのドイツ赴任がわずかながら繰り上がり、日本で開催されるG７に関われるよう四月一日から本省勤務となった。

帰国後、真っ先に沙綾の住むアパートに向かったのは、ひと目だけでも彼女に会いたかったからだ。

久しぶりに会った沙綾は拓海を見ると驚きに目を見開き、その後子供を守るように彼を自分の身体の後ろに隠す。

その仕草に、すでに自分は彼女から愛されるどころか警戒されているのだと実感し胸が軋んだが、怯《ひる》まぬよう内心で自身を叱咤《しった》しながら契約の期限を盾に同居を迫った。

プロポーズ同様強引だったのは重々承知だが、それ以外に彼女と接点を持ち続ける手段が思い浮かばなかった。

同居を始めて二ヶ月以上経ってもいまだに戸惑いを見せる沙綾とは違い、彼女の息子の湊人は驚くほど拓海に懐いてくれている。

家に呼ぶ際に、思いつく限りの子供の気を引けそうなおもちゃを用意したのがよかったのか、今やすっかり打ち解けられた。

小さな子供に接する機会などなかったが、湊人といると八つ下の弟が小さい頃を思い出す。黒目がちな瞳が似ているせいだろうか。

利発で物怖じしない湊人はとても可愛く、必ず守らなければという責任感や父性のようなものが自然と芽生える。

バックミラーで後部座席を確認すると、チャイルドシートでぐっすりと眠ったまま、小さく開いた口からは一筋よだれが垂れている。

「ふっ、可愛いな」

率直な本音が思わず口から零れた。

沙綾は疑問に感じているようだが、拓海にとっては当然だった。

血の繋がりなど関係ない。湊人は元気いっぱいでとても素直。それは沙綾が愛情を注いで育ててきた証だ。

視線を湊人から沙綾に移す。

許されるのなら、彼女と今度こそ本当に籍を入れて夫となると同時に、湊人の父親になりたい。

そのためにはまず沙綾との間にある壁を壊さなくてはならず、愛を語る前に信頼を取り戻すべきだと思った。

『私はもう湊人の母親です。恋愛も結婚もする気はありません』

もしかしたら、彼女はまだ湊人の父親であるユウキに気持ちが残っているのかもしれない。

以前電話しているのをたまたま聞いたが、とても破局を迎えた男女とは思えない、かなり親しそうで砕けた雰囲気だった。

(だとしても、今一番沙綾のそばにいるのは俺だ。必ずもう一度俺を好きにさせてみせる)

拓海は信号が青に変わるまで、助手席で眠る沙綾の横顔を眺めていた。

8. 後悔と逃亡

七月十日、土曜日。拓海と交わした契約の期限最終日。

急遽《きゅうきょ》朝から休日出勤になった拓海が昼過ぎには帰ってくるため、そのあと今後の話をする予定だ。

沙綾は三人で遊園地に出かけた湊人の誕生日以降、そわそわと落ち着かない毎日を送っている。

あの日の帰り、沙綾は意を決して彼に問いかけた。

『どうして湊人に、そこまでよくしてくれるんですか?』

彼は湊人が自分の息子であるとは微塵も思っていない。

それなのに、まるで父親のように優しく愛情をもって接してくれる。

『たとえ俺と血が繋がっていなくても、君の子だ。愛しいに決まっている』

そう伝えてくれた拓海の瞳に嘘はなく、自分に注がれた眼差しの熱さに胸が詰まった。

『沙綾の心の中に、俺に対する壁があるのはわかってる。だが、どれだけかかったとしても、俺はその壁を壊してみせる』

今思い返せば、まるで『隔たれた恋人たち』のセリフのような言葉だ。

アンドレアスが何年も一途にエリスを愛していたように、拓海もまた自分を愛してくれているかのような錯覚に陥る。

（そんな都合のいい話あるわけない。私は一度振られているんだから。でもあんな風に見つめられてキスされたら、誰だって勘違いしたくなる……）

拓海は、沙綾たちが彼を信頼できるのならば結婚してほしいと言っていた。

彼が求めているのは信頼だとしても、沙綾の拓海に対する感情はそれだけではない。男性は感情と欲求は別物だと理解しているが、自分は違う。

相手が彼だったから三年前も身体を許したし、湊人を産む覚悟ができた。拓海だから先日のキスも受け入れた。

指先を唇に当てながら思い返していると、「まーま！　できた！」と湊人に裾を引っ張られハッと我に返る。

今日のお昼ご飯にうどんをリクエストされたため、上手におもちゃを片付けられたら一緒に買い物に行く約束だった。

リビングを見渡すと、先程まで散らばっていたフラッシュライターの武器やぬいぐるみなどは、乱雑ではあるがおもちゃ箱に入れられている。

「わぁ！　とっても綺麗。お片付け上手だね、湊人」

「しゅごい？」

「うん、すごい」

「やったぁ！　いこっか」

最近の湊人は子供用のカートを押すのにハマっていて、スーパーへ行くのが楽しみで仕方がないらしい。

しっかり手を繋ぎ、スーパーでは走らないと言い聞かせてから家を出た。

「うどんになに入れようか」

「たまご！」

「いいね、ママはおいもの天ぷらも入れようかなぁ」

お喋りしながら買い物を済ませ、マンションに帰るとすぐに昼食の準備に取りかかる。

広いキッチンは壁側にＩＨの加熱機器、アイランド部分にシンクと調理台が備わっており、高級感溢れる御影石《みかげいし》のカウンターと沙綾が作る素朴でシンプルな料理はかなりミスマッチだ。

それでも食事をするたびに湊人はもちろん、拓海も『美味しい』と言葉にしてくれる。

（もう少し湊人が大きくなって幼稚園に行くようになったら、料理教室に通うのもいいかもしれないな。今は湊人に合わせた食材や味付けになっているけれど、拓海さんのためにもう少しおしゃれな食事を作れるようになりたい）

無意識に今後も三人で生活している未来を思い描いている自分に気付き、沙綾は自嘲気味に小さく笑った。

（なに考えてるの、今日で契約結婚の期間は終わりだっていうのに……）

自分に言い聞かせるようにして思考を振り切ると、どんぶりに自分の分のうどんをよそい、綺麗に揚がったさつまいもの天ぷらを乗せる。

次にくたくたに茹《ゆ》でたうどんに溶き卵を回し入れ、湊人のどんぶりによそった。

「湊人、うどんできたよー。食べよう」

「はぁい」

気持ちを切り替えるように大きな声で湊人を呼び、ふたりで手を合わせていただきますをしてから食べ始めた。

二歳の誕生日を境に、なんでも自分でやりたがるようになった湊人は、食事もひとりで食べたがる。

「あー！　ちゅるんしちゃう」

「大丈夫、フォークでゆっくりすくってごらん。こうやって持って」

「まましないで！　みなとしゅるの」

「ごめんごめん。じゃあ頑張って、ママ見てるから」

まだうまくできず時間がかかるし、見ている方がもどかしく手を出したくなるが、湊人は言い出したら頑固で最後まで自分でしたがる。

（有言実行なのはパパに似たのかな？）

零したり飛び散ったりすることも多いが、床に新聞紙を敷くなど対策を取りながら本人のしたいようにさせていた。

片付けは大変だが、これも成長している証拠と思えば愛おしい。とはいえ、仕事が忙しいとそんな余裕はないのだけれど。

あらかた食べ終わった頃、インターホンのコール音が鳴った。

「はい」

『一階コンシェルジュです。城之内様の弟の大地様と名乗るお客様がいらっしゃっておりますが、お通ししてもよろしいでしょうか』

「えっ？」

年の離れた弟がいるのは知っているが、今日ここに来るとは聞いていない。

午後から沙綾たちは大事な話をする予定になっていて、拓海が大地と約束していたとは考えにくいため、きっと彼が連絡なしに兄を訪ねてきたのだろう。

拓海が帰宅するまであと二時間はかかるはずだ。

突然の訪問に驚きつつ、沙綾はコンシェルジュに拓海の不在と帰宅時間を大地に伝えてもらったが、彼は部屋で待たせてほしいと言ってきた。

戸惑いながらも拓海の弟を追い返すわけにいかず上がってもらうように告げると、急いでダイニングテーブルを片付けながら、どう挨拶すべきかを考えた。

（拓海さんが家族に私のことをどう話してるのかわからないし、一体なんて説明したらいいの……）

三年前ならともかく、今は沙綾さえ自分たちの関係性を理解しきれていない。

拓海の弟である大地にどう話したらいいのか考えが纏まらないまま、程なく玄関のインターホンが鳴らされた。

「はい」

ドアを開けると、拓海と同じくらい長身で細身の男性が立っていた。

聞いていた年齢だと沙綾の五つ年下なので二十二歳。兄と同じく整った容貌で、大学の頃の〝拓海先輩〟を彷彿とさせる。特に黒目がちな力強い瞳がよく似ていると思った。

アッシュブラウンの短髪、オーバーサイズのサックスブルーのTシャツに黒のスキニーパンツを合わせたカジュアルな服装をした彼は、苛立《いらだ》ちや敵対心を隠すことなく沙綾を睨みつけている。

向けられた好意的ではない視線に怯みながら、沙綾はドアを片手で支えたまま小さく頭を下げた。

「あの、はじめまして。吉川沙綾といいます。拓海さんは今日も仕事で」

「あなたですよね、兄と結婚の約束してたのに浮気したのって」

拓海によく似た声音で突きつけられた言葉に、沙綾は息をのんだ。

「なんで図々しくここにいるのか知らないですが、兄には次こそちゃんと仕事に理解のある人と結婚してほしいんです」

「仕事に、理解……？」

「あなたは知らないでしょうけど、兄には元外務大臣の孫で大手企業のお嬢様と縁談が持ち上がってるんです。すごくいい話だし、父だって俺だって、ちょっと離れてただけで他の男のところにいくような女性に兄の妻になってほしくない」

ナイフのように鋭い眼差しよりも、放たれた言葉が胸に刺さる。

(拓海さんに、縁談……？)

沙綾はドイツにいた頃の拓海の言葉を思い出した。

『官僚となったからにはいずれ結婚しなくてはならないと思っていたし、その相手は誰でもいいと思っていた。見合い話もうんざりするほどあったしな』

将来有望なエリート外交官の拓海に、父親は厚生労働省の事務次官を務めたこともある。きっと持ち込まれる見合いの相手も、沙綾とはかけ離れた家柄の女性なのだろう。

多少外国語ができるからと適当に選んだ自分ではなく、元外務大臣の孫娘なら、きっと拓海の将来にも繋がる素晴らしい縁に違いない。

どちらを選ぶべきかなんて、火を見るよりも明らかだ。

(私を妻にと言ってたくらいだし、拓海さんは縁談があるのをまだ聞いてないのかな。大地さんはきっとこの話をしに今日ここに来たんだ)

なぜ大地が沙綾を『結婚の約束してたのに浮気した』と思い込んでいるのかはわからないが、もしかしたら湊人のことを拓海が話していたのかもしれない。

拓海は湊人の父親は自分ではないと思っているのだから、大地にしてみれば〝帰国後すぐに別の男性との子供を授かった浮気な女〟だと思われている可能性があり、ここに来てからずっと向けられている蔑むような視線にも説明がつく。

「あなたは俺の母親と同じだ。自分さえよければ平気で裏切る。そんな人が兄に相応しいわけがない。よりによって、兄のマンションに男を連れ込むなんて」

「……拓海さんのマンションに？　どういう意味ですか？」

一方的に帰国させられ連絡を拒絶されたのは沙綾の方で、決して浮気などはしていない。湊人は拓海の子供で、今でも彼を愛している。

「しらばっくれないでいいですよ。まだ兄がドイツにいた頃、あなたに連絡がつかなくて心配だからマンションに様子を見に行ってほしいと頼まれたんです。その時、俺はあなたが兄よりも若くてひょろっとした男と浮気してるのを実際に見てるんで」

「え……？」

初めて聞く話に、沙綾の心臓は大きく脈打つ。

（拓海さんが、私の心配を？　確かに一度コンシェルジュから連絡が欲しいと伝言をもらったけど、それっきり音沙汰はなかったはず。それに、実際に見たと言われても……）

浮気などしていないし、意味がわからない。

湊人の存在ゆえに〝他の男性と関係を持った〟と思われるのは理解できるが、浮気するような間柄の男性は元より、友人として会うような男友達も思い当たらないし、道端で見知らぬ男性に声を掛けられた記憶もない。

大地はやけに具体的に男性の人物像を語っているので、きっと他人のカップルを見て女性の方を沙綾と勘違いでもしたのだろう。

沙綾は大地の思い違いに気付きながらも、訂正する気にはなれなかった。

「話はそれだけです。兄にはまた改めて連絡するので、これで失礼します」

なにも言い返さない沙綾に対し、大地は険しい表情を崩さないまま一礼して帰っていった。

その後ろ姿を見送ることなく玄関の扉が閉まると、沙綾はバクバクと嫌な音を立てている胸をぎゅっと押さえた。

（私、間違ってた？　好きだと言ってしまったせいで契約妻をお役御免になったと思っていたけど、そうじゃなかったの？）

なにも説明されずにカードとマンションだけを与えて帰国させられたのは、恋愛感情を持つ妻はいらないからだと思っていた。

夜中に聞いた電話の内容と合わせてみても、それは間違いないと確信していた。

それなのに彼の弟の話では、沙綾が帰国後に連絡を断った後、心配してマンションまで様子を見に行かせるほど気にかけてくれていたらしい。

本来ならば今日の午後、拓海の話を聞いた上で真実を打ち明けようと考えていた。

三年前からずっと変わらず拓海が好きだと、湊人の父親は他の誰でもない拓海なのだと伝えようとしていたが、大地の話を聞き、その勇気がみるみるうちに萎《しぼ》んでいくのが自分でもわかった。

(拓海さんにとっていい話なら、それを邪魔するわけにはいかない。湊人の存在を知れば、彼はきっと責任を感じてしまう)

一緒に生活をしたこの三ヶ月間、いや、それ以前から拓海が信頼に足る人物だなんてわかりきっていた。

ドイツで一緒に暮らしていた時も、現在の湊人に接する様子を見ていても、まるで愛情があるかのように丁寧に接してくれる彼は素晴らしい夫、そして素晴らしい父親になれる。

仕事でも海外の要人に頼りにされる拓海は、これから外交官としてどんどん飛躍し、日本の外交の中枢を担っていくに違いない。

『俺は、君を裏切ったりしない』

『君にはもっと相応しい居場所があるはずだ』

退職を決めた日、その言葉とともに抱きしめてくれた拓海を信じてついていったはずなのに。

（拓海さんを信じきれず、黙って勝手に湊人を産んだ私が、彼の隣に相応しいわけがない……）

自分は捨てられたのだと思い込んだところに妊娠が発覚し、ただひたすら宿った命を守ろうと必死だった。

もしかしたら拓海にも事情があったのではないか。

そんな風に立ち止まり冷静に考えることもしなかったのは、連絡がくるのを信じて待ち続けた揚げ句、裏切られるのが怖かったから。

傷は浅い方がいい、過去は振り返らないと色んな言い訳をしながら、自分がこれ以上傷つかないよう現実を見ないフリをしてきたのだ。

もっと彼を信じていれば、今とは違う未来があったのかもしれない。

（わからない。だけど、もう全部今さらだ……）

どれくらいの時間ぼーっとしていたのだろう。俯いてじっと涙を堪えている沙綾の耳に、部屋の奥で鳴る着信音が届いた。

リビングに戻り、キッズスペースで夢中になって絵本を見ている湊人を視界に入れながらスマホを手に取ると、画面には『城之内拓海』の文字。

三年前も、こうして連絡がくるかもしれないとずっと待っていた。

ふたりの結婚記念日になるはずだった沙綾の誕生日、鳴りもしないスマホを抱えて眠った夜の寂しさを、いまだに忘れられずにいる。

家族から縁談の話を聞いてなお、拓海が自分を選んでくれるのか、自信が持てないのだ。

(今もまだ、私は彼を信じきれていない……。ごめんなさい、拓海さん)

大きく息を吐いて電話に出た。

「はい」

『沙綾、悪い。予定より少し遅くなりそうで電話したんだ。昼は食べたか?』

「はい、今」

『そうか。今夜はゆっくり話せるよう、夕食は外で食べないか? 湊人くんが一緒でも大丈夫な店を』

「拓海さん」

彼の言葉を遮り、沙綾は意を決して切り出した。

「今日で契約の期限は終わりですよね。今度こそ、信頼できて愛し合える素敵な人と、本当の結婚をしてください」

『……沙綾、なにを言っているんだ』

「元外務大臣のお孫さんとの縁談があるそうです。私なんかより、きっと素敵な奥さんになってくれます」

『縁談？　一体なんの話――』

「今までお世話になりました」

『待て沙綾！　まだ話は――』

電話の向こうで慌てて声を荒げる拓海を遮断するように、沙綾は通話を切ると、そのままスマホの電源を落とした。

これでもう本当におしまい。契約期限は切れたのだから、妻としての役割も必要ない。

今度こそ拓海との繋がりを断ち切って、湊人をひとりで立派に育て上げる。贅沢はさせてあげられないけれど、幸せにしてみせる。

父親がいないことを寂しいと思わないくらい、たくさんの愛情を注いで育てていく。

だからもう恋は必要ない。拓海の愛を求めたりしない。彼には家族に祝福される相手と幸せな結婚をしてもらいたい。

本心からそう思っているはずなのに、どうしても涙が止まらなかった。苦しくて呼吸がしづらい。喉元を鷲掴《わしづか》みされたような息苦しさに襲われ、沙綾はスマホを抱いたままその場にしゃがみ込んだ。

すると、湊人がそばにやってきて沙綾の肩をとんとんとたたく。

「まーま、ねんね?」

「湊人……」

「いいこね、まーま。みなと、とんとんしゅるよ」

いつも寝かしつけの時に『いい子ね、湊人。ねんねしようね』と言いながら背中をたたいているのを、沙綾にしてくれているらしい。

「まま、えーんしないのよ。ねんね、ねんね」

とんとん、とんとん、肩をたたかれるたびに涙がとめどなく溢れた。

拓海への切なく苦しい想い、湊人への愛しさ、自らへの不甲斐《ふがい》なさがごちゃまぜになって嗚咽《おえつ》に変わる。

(大丈夫、私には湊人がいる。この優しくて愛しい子を守りながら生きていく)

湊人を抱きしめてひとしきり泣いた後、沙綾は涙を拭いて荷物を手早く纏めると、ねんねと言いながら自分が眠ってしまった愛しい我が子を連れて拓海の部屋を出た。

「で？　なにがあったの？」

綺麗な顔を歪めて睨む親友に、沙綾は肩を小さくして俯いた。

「ごめんね、毎回頼っちゃって」

「大丈夫。誕生日のあとどうなったか気になってこっちから電話したし、オフで実家に顔出しに来てたから」

拓海との繋がりを断ち切るとはいえ、今は仕事もしていて連絡手段のスマホの電源を長時間落としておくわけにはいかない。

三ヶ月ぶりにアパートに帰りスマホの電源を入れたところでタイミングよく夕妃からの着信があり、湊人を連れて彼のマンションを出たと話すと、彼女はすぐに駆けつけてくれた。

「夕妃。私、間違ってたのかな」

先程大地から聞いた話を夕妃に聞いてもらいながら、自分の中に芽生えた気持ちも打ち明ける。

「関わりを絶ちたかったのは向こうだと思ってたのに、彼の弟さんの話を聞いたらわからなくなった……」

ずっと意識して見ないようにしてきたことが、急に現実となって目の前に突きつけられた気分だった。

急な帰国や連絡を断ったのにはなにか事情があって、彼も沙綾と同じ気持ちだったのではないか。

だからこそコンシェルジュを通じて連絡をして弟に様子を見に行かせたのだとしたら、大地の『次こそちゃんと仕事に理解のある人と結婚してほしい』という言葉にも納得できる。

夜中に聞いた電話や用意された高級マンションの真相はわからないままだけれど、沙綾を探し出し、三年経った今も妻として望んでいるのは、本当は拓海も自分を愛してくれているからではないかと思い始めていた。

自惚れかもしれない。だけど、もしそうだとしたら、自分はなんて身勝手な振る舞いをしてしまったのだろう。

「もうどっちにしても拓海さんに合わす顔がない」

「沙綾」

「湊人だけは幸せにしようって決めてあのマンションを出て、我武者羅《がむしゃら》に仕事も育児もしてきたはずなのに、私が同居をきっぱり断れなかったせいで、拓海さんに懐いた湊人を彼から引き離すことになっちゃうし……」

湊人を一番に考えるのなら、本来は初めから同居なんてするべきじゃなかった。

恋はしないと決めたくせに、行動が伴っていない自分が嫌になる。

ぐずぐずとネガティブな考えばかり浮かび、それに付き合わせている夕妃にも申し訳ない気持ちが重なって自己嫌悪でいっぱいだった。

話をじっと聞いていた夕妃はソファから下り、ラグの上で膝を抱えて俯いた沙綾の隣に座ると、無理やり顔を上げさせた。

「うじうじしない！」

パンッと音を立てて両頬を手で挟まれる。

「母親が幸せじゃないのに、どうして子供が幸せになれると思うの」

「夕妃……」

「わからないなら聞けばいいでしょ？　信頼関係なんてまずは会話が基本なんだから。合わす顔がないって逃げても、また同じことの繰り返しだよ。それでもいいの？」

「……よくない。でも拓海さんには縁談が」

「ででも言わない！」

頬に当てられた手にぎゅっと力が込められ、ぷにゅっと潰れた口で抗議する。

「夕妃、痛い……」

「バカね。泣くほど好きなら、なんで話も聞かずに終わりにしようなんて思うの」

たたかれた頬よりも、胸が痛い。あれだけ家で泣いたというのに、また涙が滲み瞳に膜を張る。

夕妃は呆れたように笑いながら、沙綾に寄り添い抱きしめてくれた。

「だって、今さら……」

「今さらかどうかは相手が決める。沙綾は考えなくていいの。ちゃんとぶつかっておいで」

「それでもしダメだったら？」

「言ったでしょ？　沙綾の面倒くらい私が見てあげるって。砕けたら拾ってあげるから大丈夫」

帰国直後もそう言ってそばにいてくれた男前な彼女を思い出し、沙綾にようやく笑顔が戻った。

「……こうしてると、ミソノのヒロインになった気分」

「確かに聞きようによってはプロポーズのセリフみたいだね。『お前の面倒くらい、俺が見てやるよ』みたいな？」

「うん。ツンデレなトップスター、悪くないと思う」

「あはは、冗談言えるくらいには落ち着いた？　一旦悪い方に考えると止まらなくなるんだから」

「ん、ありがとう。もう一生夕妃には頭が上がらないや」

「なに言ってるの。それに、今の私があるのだって沙綾のおかげなんだからね」

「え？」

初めて聞く話に首をかしげると、夕妃は照れくさそうに笑った。

「このでっかい身長と可愛げのない顔立ちがずっとコンプレックスだった。だけど沙綾が聖園歌劇団の存在を教えてくれて、そこで輝けるって信じて応援してくれたでしょ。あの熱烈なプッシュがなかったら、きっとミソノに入ろうって思ってなかった。だから、今私が自分を好きだって思えるのは、沙綾のおかげ」

「そんな……夕妃が努力したからでしょ」

高校生で急に進路を変え、歌もダンスも人一倍稽古をして入団し、メキメキと実力と人気をつけていった夕妃は、沙綾にとって自慢の親友だ。

「それに、あの婚活パーティーに勝手にエントリーしたの私だしね。最後まで面倒見るのが当然でしょ」

「ふふっ、そうだった。あのパーティーから始まったんだ」

「今となっては参加してよかったでしょ？」

いたずらっぽい顔をして見てくる夕妃に苦笑しながらも頷いた瞬間、ドンドンドンと扉をたたく音と衝撃に、沙綾たちは驚いて身体を竦めた。

「きゃっ！　なに⁉」

古いアパートでオートロックなんてものはない。

思わず目の前の夕妃にしがみつくと、玄関のドアが勢いよく開けられた。

「沙綾！　いるのか！」

大声で名前を呼びながら入ってきたのは、髪を乱し、朝はビシッと着こなしていたはずのスーツを汗だくにした拓海だった。

突然のことに言葉が出ない沙綾は、目を見開いたまま拓海を見つめる。

彼は沙綾がいたのにホッとした表情を見せた後、彼女が抱きついている人物に視線を移すと、低く冷たい声で「沙綾を離せ」と命じた。

「彼女は渡さない。どんな事情があるにせよ、俺は同じ男として君を……」

大きな歩幅でこちらに進み寄り、夕妃の肩を掴んで沙綾から引き剥《は》がそうとした拓海の動きがピタリと止まった。

「え……」

違和感に気付いた拓海が咄嗟に手を引いた時、襖《ふすま》で仕切られた奥の和室でお昼寝をしていた湊人が目を覚まし「まーまぁ」と声を上げた。

「……あっ、湊人。起きたの？」

固まっていた沙綾が振り返ると、湊人はとことこ歩いてリビングへ出てきた。

「あっ、たくみ！　おかいりー」

湊人は沙綾の膝に乗りながら拓海に笑いかけ、そのまま彼の視線は夕妃へと向けられる。

「おはよう、湊人。久しぶりだね、わかるかな？」

「んん？」

首をかしげながら夕妃を見つめていた湊人が、なにかを思いついたようにパッと笑顔になった。

「あっ！　ゆーき！」

「お！　正解！　よくわかったね」

「あのね、ままとてれびでみてるの！　ままとなかよしのゆーきだ！」

嬉しそうに説明する湊人を膝に乗せたまま、沙綾はそばに立つ拓海を見上げた。

「ユウキ……？」

拓海は呆然とした顔でその場を見つめている。その理由は、おそらく先程の彼の言葉にあるのだろう。

『彼女は渡さない。どんな事情があるにせよ、俺は同じ男として君を……』

向けられた視線に気付いたのか、拓海は沙綾のそばに膝をつき、混乱した頭を必死に働かせようとしているのが見て取れた。

「……沙綾。話がしたい」

黒曜石の瞳が輝きを増しながらじっと見つめてくる。

わずかに震える指先が沙綾の頬に触れると、拓海の戸惑いと緊張が伝わる。夏だというのにその指先があまりに冷たくて、沙綾は咄嗟に彼の手を握った。

拓海にこんな不安そうな顔をさせたいわけじゃない。鼻が触れそうな距離で見つめ合うと、沙綾は彼を安心させるように小さく微笑み、ゆっくりと頷いた。

(もう逃げないで、彼の話を聞こう。今さらじゃない。今だからこそ、ちゃんと話さないと)

するとで「ちょっと！　私がいるって忘れてない？」と笑い混じりの夕妃の声に慌てて拓海から距離を取る。

「思ってることを全部言わないからすれ違うんだよ。一時間くらいなら湊人は私が公園で見てるから、ちゃんと話しな」

「夕妃……」

「湊人、これから私と一緒に公園行かない？」

「いくー！」

「よし！　じゃあオムツ替えてお茶飲んだら行こっか」

「いこっか」

どこまでも頼もしい夕妃が手早く準備を促し、湊人を連れてアパートを出ていった。

9. 初めての言葉《拓海Side》

『今までお世話になりました』

なんの感情も見えない言葉を最後に電話を切られ、何度掛け直してもお決まりの無機質なアナウンスが流れるのみ。

三年前もこんな風に何度も連絡を取ろうと必死になった。

あの時は物理的に距離がありすぎて追いかけられなかったが、今は違う。

拓海は死に物狂いで仕事を終わらせマンションに帰ると、予想通り沙綾と湊人はおらず、荷物もなくなっていた。

舌打ちをしたい気持ちをどうにか落ち着けて、すぐに彼女が住んでいたアパートに向かい、到着するやいなや気が急いて近所迷惑も顧みずドンドンと乱暴にドアをたたく。

不用心にも鍵が開いていたので中に入ると、沙綾がいたことにホッとしたのもつかの間、見知らぬ相手と抱き合っているのが視界に飛び込んできた。

嫉妬でカッと身体が熱くなる。沙綾が自分以外に触れているのが許せず、瞬間的に頭に血が上るのが自分でもわかった。

（こいつが湊人くんの父親か）

反比例するように冷たく硬い声で相手を威嚇《いかく》し、沙綾から引き剥がそうと肩を掴んだ瞬間、ある違和感に気が付いた。

（男、じゃない……？）

修羅場になってもおかしくない場面で、「え……」と間抜けな声が漏れた。

そのすぐあとに湊人が昼寝から目覚め、沙綾と一緒にいた人物を『ユウキ』と呼んだことで、拓海の混乱はさらに深まる。

確か弟の大地は三年前、『相手の奴を〝ユウキ〟って呼んでたのも聞こえた』と言っていた。それに、送られてきた写真に写っていた人物と背格好が酷似している。

もしそれが目の前の人物だとすれば、とんだ勘違いだということになる。

仕事では迅速に物事を処理していく能力に長けている拓海だが、今は思考が一切纏まらない。

呆然と立ち尽くしていると、湊人を膝に乗せた沙綾からの視線に気が付いた。驚きと戸惑いの入り交ざった表情は、きっと自分と同じだろう。

彼女の隣に膝をつき、そっとその頬に指先で触れた。

「……沙綾。話がしたい」

もう逃げられたくない。離したくない。そばにいてほしい。

今までになく女々しい感情が自分の中に渦巻いて、カッコ悪いほど手が震えた。

縋るように見つめると、沙綾は拓海の手を取って頷いてくれた。それを見ていた『ユウキ』と呼ばれた人物が湊人を公園へ連れ出し、部屋には沙綾と拓海のふたりきり。

逸《はや》る気持ちを落ち着かせながら、俯いたままの沙綾に問いかけた。

「あのユウキさんというのは？」

「私の高校時代からの親友です。拓海さんと再会した婚活パーティーを勧めてくれたのが彼女で、今は劇団の近くに引っ越しちゃったのでなかなか会えないんですけど、帰国してから一年はずっとそばにいてくれてて」

「劇団？」

「話したことなかったですか？　彼女、ミソノのトップスターなんです。ベルリンの壁の舞台は彼女が主演の作品だったんですよ」

「ミソノの男役か。どうりで……」

拓海は頭を抱えて大きく息を吐いた。

大地が見たのも、写真に写っていたのも〝浮気現場〟でもなんでもない。親友との何気ない日常で、盛大な勘違いだったのだ。

確かに整った顔立ちで細身の長身、髪も短くスタイリングされてはいるが、間近で見ればさすがに気付く。化粧もしているし、同じ男とは思えないほど、掴んだ肩は細かった。

「君の親友にはとんでもない非礼をした。あとで謝罪しなくては」

「あの、夕妃を男性だと思ってました？」

「……すまない」

慚愧《ざんぎ》に堪えず頭を下げると、沙綾は「あっ」となにかに気付いたように小さな声を上げた。

「大地さんが見た〝若くてひょろっとした男〟って、もしかして夕妃……？」

「なぜ沙綾が大地を知っている？」

突然出てきた名前に驚くと、沙綾は躊躇うように視線を彷徨わせ、言葉を選びながら数時間前の出来事を話してくれた。

「アイツがそんなことを……」

まさか自分がいない間にマンションを訪れ、沙綾相手に勝手な話をしているだなんて思いもしなかった。

「あの、大地さんを怒らないでくださいね。大事なお兄さんに今度こそちゃんとした人と結婚してもらいたいっていうのは、家族なら当然の感情です」

「それで沙綾はしてもいない浮気疑惑を受け入れて、また俺の前から消えようとしたのか」

「それは……」

「教えてくれ。弟が見たというのがさっきの彼女なら、湊人くんの父親は一体……」

そこまで言いかけて、はたと気付く。

沙綾が拓海に愛想を尽かして他の男を選んだからこそ、子供の父親はその男だと思い込んでいた。

だが写真で見た〝ユウキ〟は女性で、沙綾は同居する際、現在恋人はいないと言っていた。

『父親は……いません』

『いない？　別れたのか？　だとしても、養育費などの義務は』

『彼は、あの子の存在を知らないので』

再会直後の沙綾との会話を思い出し、愕然《がくぜん》とした。

（まさか、俺なのか……）

喉を通る空気がヒュッと音を立てる。拓海は言葉を失ったまま、目を伏せた彼女のまつ毛が震えるのを見つめた。

沙綾が他の男といると聞かされた時、真っ先に彼女はそんな女じゃないと否定した。前の恋人に浮気され裏切られた彼女が、帰国してすぐに別の男のところへ行くわけがないと思ったからだ。

なにより、自分を好きだと言ってくれた彼女を信じたかった。

華奢《きゃしゃ》な両肩を掴み、自分に向き直らせると、視線を逸らさせないよう揺れる瞳をじっと見つめる。

「湊人くんの父親は、俺だな？」

断定した問いかけにビクッと身を竦めた沙綾の反応で、疑念は確信に変わった。

（なんてことだ。そうとも知らず、俺は今まで一体なにを……！）

自分をここまで無能だと感じたのは初めてだった。もう少し賢くて器用な人間だと思っていたが、とんだ思い上がりだ。

考えてみれば、気付くきっかけはいくつもある。

そもそも沙綾が帰国した日と湊人の誕生日を計算すればすぐにピンときたに違いな

いし、湊人に弟の面影を感じたのも血の繋がりがあったからこそだった。

それに思い至らなかったのは、完全に自分の落ち度だ。

彼女に有無を言わさず帰国させ、誕生日どころか妊娠や出産の時までずっとひとりにしてしまっていたとは。

沙綾には頼るべき両親がいない。だからこそ、三年前に契約結婚に頷いてくれたのだというのに。

どんなに不安で寂しかっただろう。沙綾のこれまでを思えば、なぜどんな手段を使ってでも連絡を取らなかったのかと、自分への怒りと後悔ばかりが湧いてくる。

「沙綾」

「私は契約上の妻じゃないんですか？　拓海さんは恋愛に興味がないんですよね。だから、恋愛感情をもった妻はいらなくなった……」

「まさか！」

父親が自分であると頷いてほしくて名前を呼んだが、思いも寄らない返しに驚いて目を見開く。

「どうしてそんな」

「電話を聞いたんです。帰国してほしいと言われた前の夜、『幸い入籍前で名字も違う』、『こっちにいる間だけの関係だ』って話してて。帰国したらあんな立派なマンションが用意されてたから、その……いわゆる手切れ金の代わりなんだって」

「そんなわけないだろう！」

荒らげた声音に沙綾の身体がびくんと小さく跳ねたが、それに構っていられないほど早く誤解を解きたかった。

拓海も女性を浮気相手だと勘違いしていたが、沙綾もまたとんでもない思い違いをしているらしい。沙綾の心に壁ができたのはそのせいに違いなく、壁を崩すため焦る気持ちに蓋《ふた》をして当時の状況を順を追って説明した。

「三年前、詳細は言えないが大使館や日本人外交官に対して嫌がらせが頻発し、脅迫文が送られてきた。それだけでなく、実際に交通事故も起こり怪我人も出た。ターゲットが外交官の家族にも及ぶ恐れがあると判断して、沙綾には急遽帰国してもらうことになった」

初めて知る物騒な話に、沙綾は怯えた表情を見せた。指先が白くなるほど握り締めている沙綾の手をそっと包み込み、話を続ける。

「今はもう解決したが、当時は国際問題に発展しかねないという懸念から、厳重な箝口令が敷かれた。なにも説明できずに申し訳ないと思ったが、あの時はそれしか君を守る方法がなかった。本当はもう少し事情を話すつもりだったんだが、沙綾の帰国直前にまた事件が起きて、バタバタして結局なにも話せないままになってしまった」

「私が聞いた電話は？」

「俺の同期が当時本省に勤めていたから、彼に事情を説明していた。君を日本に帰してしばらく連絡を断てば、犯人が万が一俺と沙綾の関係を探ろうとしたとしても、ドイツにいる間だけの関係だと思ってくれるだろうと。それでも安心できなくて、セキュリティの万全なマンションを手配するのを手伝ってもらった」

「じゃあ、あのマンションは……」

みるみるうちに沙綾の瞳に涙が浮かぶ。

「手切れ金なわけがない。君を安全かつ他の男に取られないよう囲おうと用意した要《よう》塞《さい》だ。同期にはすごい入れ込みようだと笑われたよ」

思い返せば、沙綾を一刻も早く帰国させなくてはという焦りと、手放したくないという欲求の板挟みで、随分強がった言い方をしたような気がする。

（『幸い入籍前』だなんて、早く籍を入れて自分のものにしたくてたまらなかったくせに）

「でも確かに、俺の声だけ聞くとそう捉えられるか」

「拓海さんにとって、私はドイツにいる間だけの関係なんだって思ったらすごく悲しくて。確かに元々そういう契約だったけど、でも……」

当時を思い出したのか、言葉を詰まらせながら話す沙綾をたまらず抱きしめる。

「違う。契約結婚なんて言いはしたが、沙綾と出会ってすぐに惹かれた。ドイツで初めて君を手に入れた夜、俺がどれだけ嬉しかったか」

ぎゅっと襟元を握る沙綾が可愛くてそっと頭を撫でると、久しぶりの手触りに彼女への愛おしさが心に降り積もる。

「本当はずっと言いたかった。だが言葉にしてしまえば、もう君を日本に返せないと思った。こんな風に悩ませて泣かせてしまうのなら、もっと早く言えばよかった」

沙綾を抱きしめる腕に力を込め、ずっと伝えたくて燻《くすぶ》っていた想いを迸《ほとばし》らせた。

「君が好きだ」

初めて言葉に乗せた想いははずかしいくらいに震えていたが、それでももう一度、伝わるまで何度でも言おうと思った。

「沙綾、好きだ。好きだ。三年前からずっと、君だけを愛してるんだ」

「拓海さん……」

拓海はスーツの胸ポケットから白い封筒を出し、中の書類を沙綾に見せる。

「今日は沙綾の話を聞いた後、これを渡して改めてプロポーズするつもりだった」

それは三年前、拓海がドイツ大使館で取り寄せた婚姻届。

届け出の日付は三年前の沙綾の誕生日。住所はドイツのベルリン、夫となる人の部分と証人の署名は記入済みだ。

「これ……！」

書類に目を走らせた沙綾は驚いて拓海を見上げ、なにかを堪えるようにぎゅっと唇を噛み締めている。

「沙綾、もう一度聞く。湊人くんの父親は、俺だよな？」

「わ、私……」

「頼む。頷いてくれるだけでいい」

懇願するように彼女の両肩に手を置いたまま頭を下げた。

長い沈黙が流れた後、か細い声で沙綾が「……黙っていて、ごめんなさい」と呟く。

「ずっと、あなたにとって私はもう妻として必要ないんだって思ってたから……言えなかった。湊人は……拓海さんの子です」

ようやく肯定の言葉を聞けて、拓海は沙綾の肩を引き寄せ、そのまま腕の中に抱き竦めた。

「謝るのは俺の方だ。大変な時にひとりにしてすまない。それに、君を信じきれなくて悪かった」

「私も、拓海さんを信じきれてなかったんです。もう一度恋ができたと浮かれて、急な帰国に外交官としての事情があるかもしれないなんて考えもしなかった。それに、再会した時は湊人があなたの子だとバレたら奪われてしまうかもと警戒もしてた」

「そうか。だから他の男との子供だというのを否定しなかったのか」

子供を奪われるだなんて突拍子もない発想だと思ったが、拓海が関わる外交や政治の世界にも、自分の仕事を子供へ引き継ぎたいと考える人間は一定数いる。父も官僚として働いていたのを知っている沙綾にしてみれば、城之内家の跡取りとして親権を主張されたらと懸念する気持ちは理解できた。

申し訳なさそうにこくんと頷く沙綾を安心させるように、肩から背中をゆっくりと撫でる。

（こんなに華奢な身体で子供を産み、ずっとひとりで育ててきてくれたのか）

「ずっとひとりで、大変だったよな」

「正直、産むのを悩まなかったわけじゃありません。でもあの子は、私が拓海さんとドイツで幸せだったという証だから」

そう話す沙綾の声は震えていて、愛おしさに胸が苦しくなる。

「ありがとう。湊人を産んでくれて」

「拓海さん……」

「たった三ヶ月だが、ふたりと生活していれば、沙綾がたくさんの愛情を注いで育ててくれたのかがわかる。そうじゃなければ、あんなに素直でいい子に育つはずがない。今後は、俺も一緒に湊人を愛して育てていきたい」

抗うことなく身を委ねてくれている沙綾の耳元に唇を寄せた。

「結婚しよう。俺を君の夫に、湊人の父親にしてくれないか」

「私でいいんですか？　あの、縁談は」

「俺は三年前に沙綾と結婚すると父に伝えてある。弟が余計なことを言っているかもしれないが、別れたとは話してないし、俺の妻は君ひとりしかいない」

沙綾の心の壁を壊すためなら、自分の心を曝《さら》け出し、惜しみない愛情を注ぎ続けてみせる。

拓海は腕の中に閉じ込めた沙綾の顎をすくい上げると、涙の膜に覆われた瞳を見つめた。

「返事をくれないか、沙綾」

平静を装ってはいるが、内心は心臓が高速で脈打つほど緊張していた。

湊人が拓海の子であると認めはしたものの、沙綾の気持ちを確かめられてはいない。

「……そうやって見つめるの、ずるいです」

なぜか悔しげに上目遣いで睨まれ、拓海は首をかしげた。

「拓海さんのその目で見つめられると、なにも言えずに頷きたくなっちゃう」

可愛らしい文句に緊張が解れ、自然と笑みが零れる。

「それはいいことを聞いた。プロポーズのいい返事がもらえるまで、ずっと見つめながら口説くとしよう」

「やっやめてください！　心臓がどうにかなっちゃう」

「それなら早く返事をするんだな」

「横暴ですよ」

「多少強引にいかないと、沙綾は逃げるだろう？」

頬を赤くしながら口を尖らせる沙綾がたまらなく可愛く、我慢できずにその唇にキスを落とした。

「んっ」

「返事は？　奥さん」

彼女が口にした通り、熱く見つめて頷きたくなるように誘導する。ウィークポイントはとことん攻めて落とす。これも交渉術の一種だ。

そんなことは関係なく、愛しい沙綾をずっと見つめていたいだけなのだが。

自分の甘すぎる思考回路が可笑しくて笑うと、同じく呆れたように笑った沙綾が「さすが有能な外交官です」と肩を竦めた。

「私……。拓海さんが好きです。帰国してからもずっと、忘れられなかった。拓海さんのお仕事、もっと勉強して理解できるように頑張ります。だから……もう一度、あなたの妻にしてくれますか？」

ようやく。ようやく手に入れた。拓海は告げられた沙綾の言葉を噛み締める。

「もちろんだ。離れている間も、君への愛が消えることはなかった。どれだけ時間がかかっても、沙綾を取り戻すと決めて日本へ帰ってきたんだ」

やっと自分のものになったのだと実感したくて、目の前の身体を思い切り抱きしめた。

躊躇いがちに背中に回された手に煽られるように、愛しさに比例して彼女に自分を刻みつけたい衝動に駆られた。間近で視線を合わせ、名前を呼び、小さな赤い唇を塞ぐ。

狭い口腔内をくまなく舌で蹂躙《じゅうりん》し、沙綾が苦しげに喉を鳴らしても貪り続けた。

(やばいな、全然余裕がない……)

今気持ちを確かめ合ったばかりだというのに、気を抜けば暴走してしまいそうな情欲が滾《たぎ》っている。

(ダメだ。もうすぐユウキさんが湊人を連れて戻ってくる)

必死に理性をかき集め、最後にもう一度だけとリップ音を鳴らして軽いキスを落としてから、覆いかぶさっていた姿勢を正し、沙綾の濡れた唇を親指で拭ってやる。

「悪い。ふたりが帰ってきたらまずいよな。公園まで迎えに行こうか」

「た、拓海さん……」

「ん？」

「まだ、時間あるから……もう少しだけ……」

潤んだ瞳でねだるように誘われれば、理性は砂のように脆《もろ》く崩れ去っていく。

「バカ、人がせっかく……」

「ごめんなさい。私……」

「謝らなくていい。俺だってこのまま抱き潰したいほど沙綾に触れたい」

「だ……っ」

ぎょっとした顔をする沙綾に思わず破顔する。

「今はキスだけで我慢する。その代わり、次は容赦しないから覚悟しておいてくれ」

こちらは必死に欲望を抑えているというのに、無意識に誘惑する小悪魔に噛みつくようなキスをした。

その官能的な口づけに〝次〟を想像したのか、耳まで真っ赤になった沙綾が両手で顔を隠しながら頷き、聞き取れないほど小さな声で「……待ってます」と言った。

からかってやろうとした発言に対し、健気で可愛すぎる妻の返り討ちを食らった拓海は、結局自身の方がダメージを受け、大きなため息をつきながら沙綾の肩口に顔を埋めたのだった。

10. 三人家族へ

拓海と想いを通じ合わせてから二ヶ月が経った。

昼間は残暑が厳しいが夕方には鈴虫が鳴き、少しずつ秋の訪れを感じられる。

湊人とふたりで住んでいたアパートは解約し、本当の意味での三人暮らしが始まった。

拓海と話し合い、入籍はやはり沙綾の誕生日にしようと決めたので来月までお預けとなり、湊人にはそれまでの間に拓海がパパなのだと少しずつ理解してもらおうと思っている。

結婚式についてはそのあとに追々考えようという結論に至った。

沙綾が心配していた拓海の縁談の件は、彼が大地に連絡を取り、すべて事情を説明した上で破談にしたと聞いた。

なんでも同じ頃、相手方からも断りの連絡があったという。

ホッとしたのと同時に、拓海のような男性との縁談を断る女性とは一体どんな人なのだろうと一縷の興味が湧いたが、もう自分とは関わることのない相手だと安心して忘れることにした。

湊人は二歳二ヶ月となり、相変わらず戦隊ヒーローも好きだが、最近は絵本の読み聞かせを好み、会話力も理解力も増してきた。できることも多くなり、食事や着替えなどはひとりでしたがる。

著しい成長が嬉しく感じられるものの、それに伴い困った事態にもなっていた。

「やだの！　おふろしないの！」

「お風呂嫌なんだね。でも湊人、今日公園でいっぱい汗かいたよ？　綺麗にしようよ」

土曜の夜。夕食を終えてお風呂の準備を促そうとしたところ、頑なにキッズスペースから動こうとしない湊人にため息が漏れそうになる。

二歳を過ぎた頃にやってくる、通称〝魔のイヤイヤ期〟。

自我が芽生え自己主張が激しくなり、なにをするにも『いやだ』と泣き叫んで親の頭を悩ませる。

イヤイヤ期は子供の成長過程にとって大切な期間で、あれもこれも嫌だと喚《わめ》く子を受け止めることで自己肯定感を高めてあげられるらしい。

理解してはいるものの育児書通りいかないのが育児というもので、これまでは沙綾の言う通りに行動していた湊人も、ことあるごとに『いやだ』を繰り返し、今夜もお風呂に入る入らないの攻防をかれこれ二十分は繰り広げていた。

「湊人。それじゃあ俺と入るか？　たまには一緒に」

「やだ！　たくみはあっちいって！」

特に拓海の休日が酷い。

あれほど彼に懐いていた湊人だが、ここ最近は大好きな母親を取られてしまう気配を感じ取ったのか、敵対心とまではいかないものの拓海に対し当たりが強い。

拓海が仕事で家にいない日は比較的ひとり遊びもできるのだが、休日になると沙綾の膝の上から動かず拓海を遠ざけようとするので、急な反抗期に心なしか拓海も寂しそうな顔をしている。

この時期は仕方がないとはいえ、なんでもかんでも許すわけにはいかない。

「湊人。湊人があっちいってって言われたら嫌でしょ？　言われたら嫌なことは人にも言わないの」

「やだ！」

「湊人！」

つい声が大きくなる沙綾の背中を、拓海がぽんぽんとたたく。

「大丈夫。湊人、俺は部屋にいるから、ママと風呂に入ってこい」

「ごめんなさい、拓海さん」

彼が父親なのだと湊人に話したいと思っていた矢先にイヤイヤ期が始まり、完全にタイミングを失ってしまった。

申し訳なくて肩を竦めて拓海を見上げると、小さく首を振って微笑んでくれた。

「少し仕事してくる。これからは一緒に育児をすると言ったそばから、任せきりで悪い」

「いえ、拓海さんが努力してくれているのはわかってますから」

不夜城と揶揄《やゆ》されるほど忙しい職場で働く拓海だが、土日はなるべく家にいられるように仕事を調整してくれている。

家で一緒に食事をとるのはもちろん、公園や買い物に行くにも三人で出かけ、湊人との距離を縮めようと考えているのがわかるがゆえに、この状態がもどかしい。

「ありがとう。じゃあよろしく」

頬に軽いキスを落として自室へ下がる拓海を見送り、沙綾は湊人に向き直った。

「湊人」

「……まま、おこった？」

いけないことを言ってしまった自覚はあるのか、湊人はもじもじしながら上目遣いに見てくる。

彼と同じ目線になるよう腰を下ろすと、感情的にならないように一呼吸置いてから、ゆっくりと話した。

「かなしい？」

「怒ってないよ。でも悲しい」

「うん。湊人と拓海さんが仲良くないの、ママ悲しいな」

すると湊人は慌てて首をぶんぶんと横に振る。

「だめ！　だめ！　えーんしないのよ！」

「ママはね、湊人も拓海さんも大好きだから、みんなで仲良くしたいな。湊人は？」

「みなと、ままだいすき」

「ありがとう」

「たくみは……」

今までだったらきっと『だいすき』と言っていただろうに、言葉が途切れ緊張が走る。

「拓海さんは？」

「ちょっとだけ、すき」

「ちょっとだけなの？　どうして？」

それっきり言葉は続かず、ぎゅっとしがみつくとなにも言わなくなった。

沙綾とのふたりきりの生活から三人家族になった実感が、今になってようやく湧いてきたのだろうか。

よく下の子が生まれると、母親を取られてしまいそうな不安から上の子がヤキモチを焼いて赤ちゃん返りすると聞くが、それと同じ感覚なのかもしれない。

沙綾はしがみついてきた湊人を安心させるように、ぎゅっと抱きしめ返した。

「湊人。大好きだよ」

「みなとも、ままだいすき」

二歳を過ぎて、大人が思っている以上に、子供だってたくさんのことを感じて考えているに違いない。

大人だって新しい環境に慣れるには時間がかかる。焦らずゆっくり進もうと、沙綾は気持ちを切り替えた。

「よーし！　じゃあお風呂に入ろう」

「えぇー」

「ほら、お風呂入らない子はこうしちゃうぞー」

「きゃははは っ」

抱きしめていた湊人をこちょこちょと擽ってやると、全身を捩りながら大きな声を上げて笑う。

ようやく本来の笑顔が戻った湊人と一緒にお風呂に入り、絵本を読んで寝かしつけが終わったのが夜の九時を過ぎた頃。

すやすやと眠る湊人のふくふくのほっぺにキスをして、そっと寝室を出てリビングへ行くと、お風呂上がりの拓海がソファでスマホを片手に水を飲んでいた。

「お疲れさま。湊人はぐっすり？」

「はい。なんだかんだお風呂ではしゃいだので、疲れてすぐ寝ちゃいました」

「そうか」

「なにか調べ物ですか？」

真剣な顔でスマホとにらめっこしていたのでそう問いかけると、拓海は画面をこちらに向けてきた。

「イヤイヤ期、パパの育児の関わり方？」

沙綾は彼の隣に腰を下ろしてスマホを覗き込むと、『新米パパが陥りがちなNG子育て』や、『奥さんへの感謝を忘れず』といった見出しが表示されている。

「先週甘やかしすぎだと沙綾に叱られたからな。次の手を考えている」

「し、叱っただなんて」

湊人の急激な態度の変化に戸惑った拓海は、初対面の時と同様、子供の好みそうなおもちゃや絵本などを買ってきては一緒に遊んで距離を縮めようと試みていた。

さらに出かけた際に湊人が欲しいと言うお菓子などを、すぐに買い与えてしまう。

湊人はおもちゃやお菓子が嬉しくて楽しそうにしていたが、それでは餌《えさ》で釣っているだけに過ぎない。

たまのご褒美ならともかく、わがままを言うたびに要求が通ると思うようになっては困るし、見返りがないと動かない子になってほしくないと思い、拓海にもその考えを伝えたけれど、決して叱ったわけではない。

「いや、沙綾の言う通りだ。つい泣かれると買ってやりたくなるが、それじゃダメなんだよな」

「それで色々調べてくれてたんですか、お仕事も忙しいのに」

「父親なんだから当然だ」

以前は遠慮しているようだったが、自分の息子だと知った日から、拓海は積極的に育児に参加したがった。

食事や着替えなどは自分でしたがる湊人だが、まだ完璧ではない。そのフォローをしたり、お風呂に入れたりと甲斐甲斐しく世話をしてくれる姿を見て、沙綾はひとりではない子育てに心強さを感じるとともに、結婚して本物の夫婦になるのだという実感がじわじわ湧いてきた。

これからは三人で生きていく。その事実が嬉しくて楽しみだからこそ、少しばかり育児が大変だからとへこたれてはいられない。

湊人にしっかりと向き合いながら、きちんと家族としてやっていきたいと強く思った。

「ひとつ、聞いてもいいですか？」

「なんだ？」

「拓海さんはずっと湊人の父親は自分じゃないと思ってたんですよね。それなのに、あんなにもたくさん湊人のためにおもちゃを準備してくださって」

再会した次の日にこの部屋に入った時には、すでにキッズスペースは完成していて、ベビーガードも完璧に取りつけられていた。

背の高いすべり台付きのジャングルジムは湊人のお気に入りで、特に雨で外に遊びに行けない日などは大活躍してくれる。

きっと忙しい合間を縫って用意してくれたのだろう。まだ会ってもいなかった湊人のために。

「急に父親になることに、不安や戸惑いはなかったんですか？」

母親である沙綾でさえ急な妊娠に驚き、覚悟を決めるのに時間を要した。

お腹の中で育つ命の重みを感じながら少しずつ母になる準備をして、それでもまだ理想の母親像には程遠い。

なかなか寝てくれない時、どうして泣いてぐずっているのかわからない時、赤ちゃん相手にイライラしてしまったことも多々ある。

お腹を痛めて産んだ子にさえそうなのだから、再会当初の拓海の想いや覚悟はどれほどだったのだろう。

「そうだな。……俺の母親の話はしたよな」

頷く沙綾に、拓海はゆっくりと噛み締めるように話し始めた。

「沙綾も会った弟の大地は、父親と血が繋がっているのかわからないんだ。母が男と出ていったのは出産してすぐ。きっと、もっと以前から関係はあっただろうからな。

俺は小学生だったからなんとなく察していたけど、成長して母親の話を知った大地は荒れたよ」

沙綾は以前マンションに訪れた大地の顔を思い浮かべた。

『あなたは俺の母親と同じだ。自分さえよければ平気で裏切る』

そう言い放った彼の表情は、家族を裏切った人物への嫌悪感が滲み、悲痛なほどだった。

「DNA鑑定で調べると大騒ぎした時に、父親が大地に言ったんだ。『たとえ血が繋がっていなかろうと、大事な息子には違いない。お前は血の繋がりがないと俺を父親とは思えないのか』って」

「素敵なお父様ですね」

「その当時、俺は二十歳になったばかりだったが、父のような大きな男になりたいと思ったよ」

自身の親を褒める発言に照れくさくなったのか、小さく苦笑してから続けた。

「結局調べずに今日まできたが、俺もそれでいいと思ってる。事実がどうであれ、家族であるのに違いない。そもそも互いを想い合って家族になる夫婦だって、血の繋がりはない」

「そうですね」

沙綾は大きく頷く。

「だから、もう一度沙綾を手に入れようと決めた時、必ず子供ごと愛してみせると覚悟を決めた。父のように、俺もしてみせると」

拓海の話を聞いた沙綾は、改めて深い愛情で包まれている喜びに胸をときめかせた。

そっと拓海の胸に身を寄せると、大きな手で頭をぽんぽんと撫でられる。

「もちろん、狂いそうなほど嫉妬はしたが」

「え？」

「大地の話だと、相手は若いイケメンで、路上だろうと大声で愛を語れる男だと聞いていたし、送られてきた写真を見たが、君が安心しきった顔をしていて、それだけでかなり親しいのだとわかるほどだった。ドイツで生活していた間、沙綾になにも言えなかった俺に愛想を尽かしたんだと思ったら、どうしてなりふり構わず気持ちを伝えなかったのかと後悔したし、俺のマンションがふたりの愛の巣になっていたのかと考えただけで死ぬほど嫉妬した」

「えっと……申し訳ない気持ちもあるんですけど、ちょっと嬉しいです」

ふて腐れた顔をする拓海が新鮮で、沙綾はつい笑みを浮かべた。勘違いとはいえ、嫉妬するほど想ってもらえているのが嬉しく、冷静で強気な彼を初めて可愛いと感じた。

そんな感情はお見通しだと言わんばかりに、拓海は沙綾の緩んだ頬をぶにゅっと摘まんで睨んでくる。

「笑い事じゃない」

「ふぁい、ごめんなしゃい」

他愛のないやり取りが楽しく、愛おしい。

浮かれているのは沙綾だけではないらしく、拓海は「ったく、可愛すぎて困る」とらしくない言葉をぼやきながら唇を重ねてきた。

「ん、拓海さん……」

「俺の沙綾への執着が、湊人にも伝わってるんだろうな。あの態度は男の嫉妬な気がする」

「そうでしょうか」

「三人家族になれたのが嬉しくて、湊人の前だろうと君に触れていたのが仇《あだ》となったのかもしれないな。少し控えるべきか」

「え？」

控える、とは？

疑問に思って視線を上げると、拓海はニヤリと意地の悪い笑みを浮かべた。

「もちろん、湊人の前でだけだ。夜は思う存分独占させてもらう」

「あ、あの」

「愛してる、沙綾」

じっと瞳の奥まで見透かすような眼差しを向けられ、沙綾の鼓動はドキドキと高鳴り、耳や首筋まで熱くなっていく。

「……最近、それわざとしてますよね？」

「なんのことだ？」

「わかってるくせに。やっぱり拓海さんはずるいです」

沙綾が拓海の黒曜石のような力強い瞳に見つめられるとなにも言えなくなってしまうのがわかっていて、彼はよくその目でじっと見つめてくる。

雄弁な眼差しは隠しきれない情欲を湛え、口づけの続きをねだっていた。その瞳に囚われ、沙綾は観念して身を委ねる。

「昔から目付きが悪く睨んでいると思われていたようだが、沙綾には効果抜群だな」

可笑しそうに喉でククッと笑いながら頬を撫で、そのまま唇が塞がれた。

想いを通じ合わせた日、『次は容赦しない』と宣言していた拓海だが、いまだにその約束は果たされないまま。

きっと湊人に父親だと話してケジメをつけてからと考えているのだろう。

沙綾も拓海の考え方が理解できるため、いつかその日がくるのを待っているつもりだ。

だけど、時にじれったく感じる日もある。もしかしたら、拓海はそれすら見透かしていて、沙綾から求めるよう仕向けているのではと感じるほど。

唇を合わせるだけのキスだけれど、愛しい気持ちは伝えられる。

啄《ついば》むような口づけを何度も交わし、そのたびに視線を合わせて微笑み合う。合間に愛の言葉を囁かれ、同じように伝え返すと、幸福感が何倍にも膨らんでいった。

何度目かのキスでそっと距離を取ると、沙綾は拓海を見つめ、自身の想いを打ち明けた。

「そろそろ湊人に話してみようと思うんです。拓海さんがパパだって」

その提案に、拓海は驚いた表情を見せる。

「沙綾が決めたなら反対はしないが、早くないか？」

「イヤイヤ期はまだ続きますし、終わるのを待ってたらなかなか言えなくなっちゃいそうで。それならいっそ、湊人が感情を吐き出しやすい今伝えてみるのも悪くない気がするんですけど、拓海さんはどう思いますか？」

彼は子育てに積極的ではあるが、決定権は沙綾にあると考えているのか、必ずなにをするにも沙綾に確認を取ってくれる。

きっと湊人に拓海が父親だと話すタイミングも、沙綾がいいと思う時にと考えているのだろう。

しかし今回の当事者は拓海であり、湊人はもちろん、彼の意見も尊重したい。

今の湊人の様子を見ていると、必ずしも話したことでいい方向に向かうとは限らないからこそ、余計に拓海の考えを聞きたかった。

「そうだな、話していいのなら話したいと思う。すぐには受け入れてもらえなくとも、少しずつ父親という存在を感じてもらえれば嬉しい」

「湊人がどう反応をするのかと思うと、ちょっと不安ですけどね」

「気長にいくさ。湊人がどんな反応をしようと、君は湊人の味方でいてあげてくれ」

拓海の言葉に、湊人に向ける深い愛情を感じられ、沙綾は嬉しくなって再び彼に身を寄せた。

「沙綾？」

「拓海さんのそういうところ、大好きです」

拓海自身よりも、沙綾や湊人を一番に考えた言動ができるところ。

よく拓海は〝信頼〟という言葉を使っていたけれど、その言葉通り、頼もしく信用に足る彼の人柄は、沙綾に安心感とときめきを与えてくれる。

「君は……本当に俺を煽るのがうまいな」

頭上で大きなため息をつきながらも、拓海は沙綾の背中に腕を回して抱きしめる。

その様子が愛おしくて、沙綾は微笑みながら彼の胸に甘えるように頬を寄せた。


翌日。日曜日の昼下がり、お昼寝まで時間があるうちにと、沙綾は湊人を呼んでソファに隣同士で座った。

「湊人にね、大事なお話があるの」

拓海はL字の少し離れた場所に、少し緊張した面持ちで座っている。

沙綾もまた内心はドキドキしているが、湊人に悟られまいと必死に笑顔を作った。

「あのね、今までずっと湊人はママとふたりだったでしょ？　でもね、湊人には本当はパパもいるの」

「ぱぱ？」

「そう。拓海さんが、湊人のパパなの」

湊人はきょとんとした顔をしながら、じっと沙綾の顔を見ている。

その瞳は二歳児ながらこちらの心の奥を覗くような強い光を放っていて、やはり湊人は拓海の息子なのだと今さらながらに実感した。

かと思うと、ハッとなにかに気付いたように勢いよくキッズスペースへ走っていき、一冊の絵本を持ってきた。

「まま、これ？」

湊人が手にしていたのは、可愛らしいうさぎの絵柄の『かぞくっていいな』という絵本。仲良く暮らしているうさぎのパパとママ、そしてぼくが出てくる。

うさぎの両親の間に小さな子うさぎがいて、手を繋いだままぴょんと跳んだ子うさぎが満面の笑みで楽しそうにしているページを開き、湊人は必死に指を差していた。

「たくみ、このぱぱ？」

「そう、拓海さんはこのパパうさぎと同じで、湊人のパパなんだよ」

沙綾が肯定してやると、湊人は絵本と拓海を交互に見ては、彼なりになにかを考えている様子で黙り込む。

すると、口を挟まずに見守っていた拓海が、沙綾と反対側の湊人の隣に移動して腰を下ろした。

「湊人、これまで一緒にいられなくてごめん。だけど、これからは俺とママと湊人の三人で、ずっと一緒にいたいと思ってるんだ」

「ずっと、いっしょ？」

「そう」

再び黙り込んだ湊人をじっと待つ。

その時間はほんの数秒のはずなのに、とても長く感じられた。

「たくみは、ぱぱなのねぇ」

「ん？」

「じゃあねぇ、いいよ」

満面の笑みで答えた湊人に、沙綾と拓海の頭上にクエスチョンマークが飛び交う。

「湊人、なにがいいの？」

思考がまったく読み取れず沙綾が質問すると、湊人はにこにこしながら説明してくれた。

「ぱぱなら、ままだいすきなの、いいよ」

「パパじゃない人は、ママを大好きなのはダメなの？」

「んー。だめ」

「ふふっ、そっかぁ。ダメかぁ。でも拓海さんはパパだからいいんだよね？」

いまだに湊人の言葉を理解しきれずに眉間に皺を寄せている拓海には申し訳ないけれど、沙綾は湊人が愛しくてたまらなくなり、思いっきり抱きしめた。

「湊人、大好きだよ。ありがとう」

「みなともするーっ！　まま、だいすきよ」

「うん、ありがとう。湊人、パパにもする？」

「ぱぱにも？」

さりげなく拓海をパパと呼んでみる。湊人は沙綾の腰に抱きついたまま拓海に振り向いてから、こちらに視線を戻した。

「だって家族だから仲良しでしょう？　ママとパパも仲良し、湊人とママも仲良し。じゃあ湊人とパパは？」

「なかよしー！」

そう叫びながら反対側の拓海に飛びついていく小さな背中を見て、沙綾は目頭がじわりと熱くなる。

昨夜はまったくと言っていいほど眠れなかった。

湊人に話そうと決めたはいいものの、拒絶されてしまったらどうしよう。

沙綾の勘違いで父親を知らない状態で生を受け、急に誤解が解けたからこれからは家族です、だなんて、親のエゴでしかないのではないか。

そう思い始めたら不安と罪悪感でたまらなかった。

しかし、湊人は寛容《かんよう》にも拓海をパパだと受け入れたようで、飛びついたままぎゅっとしがみつき、久しぶりの触れ合いに嬉しそうにはしゃいでいる。

「ぱぱ！　たかいのして！」

「よし！」

拓海も『パパ』と呼ばれたことに驚きながらも相好を崩し、湊人を両手で高く持ち上げグルグルと回して遊び始めた。

その光景は夢にまで見た幸せな三人家族そのもので、沙綾の瞳から一筋の涙がぽろりと零れる。

それを湊人に見られぬようすぐに拭い去ると、拓海は片手で湊人を抱っこしたまま、反対の手で沙綾を抱き寄せた。

「ありがとう」

拓海のそのひと言に、どれだけの想いが込められているのだろう。

見上げれば拓海の瞳も心なしか赤く、潤んでいるように見えた。

沙綾は両手をいっぱいに広げて拓海と湊人を抱きしめ返すと、間に挟まれた湊人は「ちゅぶれりゅー！」とキャッキャと笑い声を上げる。

（あぁ、幸せ……。私の居場所は、間違いなくここなんだ）

沙綾は噛み締めるように目を閉じて、その極上の幸せにいつまでも浸っていた。

11. 涙のアニバーサリー《拓海Side》

「やだの！　みなと、もうしない！」

高級感溢れる広々としたアイランドキッチンに、湊人の絶叫がこだまする。

拓海は天を仰ぎ見てため息を逃しながら、走って逃亡しようとする息子を捕獲して、汚れた手を石鹸《せっけん》で洗わせた。

相変わらず湊人のイヤイヤ期は継続中で、拓海を父親と認識した今でも反抗的な態度を取ることが多々ある。

沙綾から聞いた話では、湊人の中では〝ママを大好きになっていいのは家族だけ〟という謎のルールが存在しているらしく、〝ただの拓海〟だった今までは、沙綾と仲良くしているのに不満があったらしい。

今は拓海が〝パパ〟になったことで、自分と同じように〝ママを大好きになっていい人〟と認識されたはずだという。

だが、やはり沙綾を独占できないというのを本能で察しているらしく、たまにライバル心を見せてくる時がある。

二歳児と言えど、大事な女を取られたくないと思う心はすでに男のもので、拓海は大人げなく受けて立とうと構えている。

しかし、今はそんな男のプライドをぶつけ合っている場合ではない。

「湊人、ママを喜ばせたくないのか？」

今日は沙綾の二十八回目の誕生日。

拓海は夕妃に連絡を取って今日の昼公演のチケットを一枚頼み、劇場の近くのドレスショップで事前に選んでおいたドレスの着付けとヘアメイクの予約を入れた。

たまにはひとりの時間を満喫してくるようにと家から出したのは、湊人とふたりで沙綾のバースデーパーティーの準備をするためだ。

午前中の比較的機嫌のいい時間帯にプレゼントの絵を描かせ、昼食は沙綾が作り置きしてくれたナポリタンをふたりで食べた。

その後一時間ほど昼寝をして、予約していたケーキを店に取りに行き、今は夕食をふたりで作っている真っ最中。

とはいえ、拓海自身もそんなに料理の腕に覚えがあるわけではないので、簡単なハンバーグとサラダくらい。マンションの近くにある美味しいと有名なパン屋さんで、ガーリックトーストとプチパンは購入済みだ。

湊人も好きなメニューなので一緒に作ろうとしたのだが、ハンバーグのタネをうまく成形できずに拗ねてしまった。

粘土《ねんど》遊びが好きなのでやらせてみたが、やはり硬さが違うため難しかったようだ。

しかし、拓海のひと言で騒いでいた湊人が大人しくなった。

「まま？」

「そう、今日はママのお誕生日。だからパパと湊人でご飯を作って喜ばせようって言ったろ？　湊人が頑張ったら、ママはきっと喜ぶぞ」

「まま、うれしい？」

「あぁ。絶対嬉しい」

「ままに、うれしいしたいの。みなと、がんばるっ」

ようやくやる気が戻り、小さな手のひらでぺたぺたとハンバーグを捏《こ》ねて再び形を作り始める。

普段、沙綾が湊人用にハートやクマの形のハンバーグを作っているのを見ているため、同じようにしたいとごねたり、サラダ用のレタスやミニトマトを洗う際に水が顔にかかって大泣きしたりと、その後もハプニングは数え切れない。

（たった半日でこの疲労感。一日中仕事をしているよりも大変だ。本当に沙綾には感

謝しかないな)

湊人が可愛いのには変わりないが、やはり育児は想像を超える労力を要する。

大人とは違い、まだ言葉もしっかり通じない子供を相手に食事の世話や寝かしつけをして、一緒に遊ぶにしても危険がないように常に気を配り目が離せないとなると、気の休まる瞬間がない。

この生活を二年近くもひとりでこなしていた沙綾を思うと、改めて己の不甲斐なさを痛感すると同時に、彼女へ対する尊敬と信頼、愛情が増していく。

歪《いびつ》な形のハンバーグはあとは焼くだけ、レタスときゅうりとプチトマトだけのサラダが完成した頃、沙綾が帰宅した。

「ままだー！」

ハンバーグのソースを作る頃には完全に飽きてしまった湊人はキッズスペースで遊んでいたが、持っていたおもちゃを放り出して玄関へ駆け出す。

考えてみれば、保育園に通っていない湊人が半日も沙綾と離れていたのは初めての経験で、不安もあったのかもしれない。

「ただいま、湊人。いい子にしてた？」

「してたのー。みなとね、ぱぱとおりょうりしたの。うれしぃ？」

「え？　お料理？」

廊下から聞こえてくる親子の会話を微笑ましく聞きながら、拓海はエプロンを外して出迎えた。

「おかえり、沙綾」

「ただいま帰りました。あの、ありがとうございました。わざわざ夕妃にミソノのチケットを頼んでくれただけじゃなく、こんな素敵なドレスまで」

家を出た時のシンプルな装いも悪くなかったが、今沙綾が身につけているのは『ソルシエール』というブランドのドレス。

上品な透け感のレースが華やかさを演出するドレスは、秋らしく落ち着いたワインレッドカラー。

ハイネックに七分袖、スカートはミモレ丈で露出は控えめながら、高めの位置にウエストの切り替えが入っているためスタイルがよく見える。

ドレスに合わせてヘアメイクもパーティー仕様で、いつもよりも目元や唇がラメでキラキラと光を放っている。

ドイツで見た和装もよく似合っていたが、今日のドレス姿もとても綺麗だと、拓海は満足げに微笑んだ。

「いや。誕生日なんだ、このくらいさせてくれ」

「ありがとうございます。湊人とふたりは大変でしたよね」

「まぁ、沙綾をはじめとする世の中の母親に尊敬の念を抱いたよ」

「ふふ、お疲れさまです」

「どうだった？　久しぶりの聖園歌劇は」

可笑しそうに微笑んだ沙綾に舞台の感想を聞くと、一気にトップギアに入った彼女は両手のこぶしを上下させながら興奮気味に話し出す。

「もう最高でした！　今回の舞台は少女漫画が原作だったので胸キュンポイントがいつも以上に盛りだくさんだったんですよ！　主題歌も脚本もめちゃくちゃよかったし、演出も照明をすごく効果的に使ってて斬新だったんです。あの手法、絶対他の舞台でも今後使われそうだなって。なにより主人公のアランがカッコよすぎなのとヒロインのマリアンヌが可愛すぎ、て……」

思いの丈をぶちまけるような勢いで語り始めた沙綾だが、ぽかんとする湊人と、笑いを堪えきれないといった表情の拓海の視線に気付き、一瞬固まった後、両手で顔を隠して蹲《うずくま》った。

「あぁ……またやってしまった……！」

「ははは、楽しめたようでよかった。懐かしい沙綾が見られたな。本当に君は可愛らしい、湊人そっくりだ」

「……それ、あんまり褒めてませんよね？」

「なにを言ってるんだ。最高の賛辞だろ。それより、帰ってきて早々悪いが、すぐに出かけるぞ」

真っ赤な顔で口を尖らせる沙綾をなだめるように頭をぽんとたたき、手早く湊人の出発準備を整え、三人で向かったのは区役所。

以前ドイツで書いたものはもう使えないので、新たな婚姻届にサインをし直し、証人欄は拓海の父と夕妃に頼んだ。

父には今さらどういうことだと驚かれたが、今度説明がてら妻と息子を連れていくと話すと、さらに驚いていた。

土曜日なので時間外窓口へ向かい、問題なく書類が受理される。

「やっと、これで君は名実ともに俺の妻だ」

ずっとこの日を待っていた。三年前から、ずっと。

仲のよかったという沙綾の両親と同じように、彼女の誕生日がふたりの結婚記念日となった。

「はい。よろしくお願いします」

「こちらこそ」

瞳を潤ませる愛らしい妻を抱きしめようと腕を伸ばすと、湊人がふたりの間に割って入り、沙綾の足元に抱きついた。

「まーま。きょうのふく、おひめさま！」

「本当？　似合うかな？」

「うん！　かわいい！」

「ありがとう、湊人」

ドレス姿への褒め言葉を湊人に先越され、大人げなく心に不満が湧いた。

狭量な自分に苦笑を漏らしながら行き場をなくした腕をそっと湊人の背中に添え、

「ママに言わないといけないこと、まだあるだろ？」と促した。

「そうだ！　まま、おたんじょび、おめっとー！」

「おめでとう、沙綾」

「ふたりとも、ありがとう」

「みなとね、あのね、ままにばーぐつくったの！　こねこねしてね、あとおやさい！　みずがびしゃーってなるの！」

必死にママに喜んでもらおうと話す息子のテンションの高さが先程の沙綾とかぶって見え、微笑ましさと愛しさで頬が緩む。

沙綾も同じように思ったのか、湊人の話を頷いて聞きながらも、耳まで赤くなっていた。

早く料理をお披露目したくて仕方ない湊人のために真っすぐに家へ帰り、早速ハンバーグを焼いてバースデーパーティーが始まった。

「私、こんなに幸せな誕生日は初めてです！」

でこぼこのハートや耳がもげたクマの形のハンバーグを、沙綾は目を輝かせながら美味しいと頬張り、そのたびに湊人が誇らしげに胸を張る。

湊人が描いた絵をプレゼントすると、沙綾は嬉しさに涙を浮かべながら湊人を抱きしめた。

「ありがとう、湊人。ママとっても嬉しい」

「まま、えーん？」

「えーんってしちゃうくらい嬉しいってこと」

「まま、ちがう。うれしいのは、えーんじゃなくて、わーいよ」

「そっか。そうだね。わーい、湊人大好き！」

「みなとも!」

見守る拓海もうっかり涙ぐみそうになるほど幸せな光景で、沙綾へのサプライズバースデーは大成功だった。

食事のあとは大きなバースデーケーキにろうそくを灯し、沙綾ではなく湊人が火を消した。

「あまーい!」

「うん、甘くて美味しいね。でも湊人、ケーキは食べすぎたらダメよ」

「はーい」

「あとでしっかり歯磨きもしようね」

「……はーい」

「お風呂も入ろうね」

「……あい」

徐々に声が小さくなっていく湊人に笑い、やはり今日も「やだの!」と風呂に入るのを嫌がるのに手を焼き、あっという間に一日が過ぎていく。

沙綾が湊人を寝かしつけている間に風呂を済ませ、ソファに深く腰掛けながら大きく息を吐いた。

（ようやく渡せる時がきた。自業自得とはいえ、長かった……）

ローテーブルにふたつ並べて置いてあるリングケースを見る。

ベルベットの光沢が美しい濃紺のリングケースはひと回り大きく、先月沙綾と一緒に選んで購入したふたりの結婚指輪が入っている。

もうひとつ、ブラウンの革張りの小さな箱には、三年前にドイツで購入したエンゲージリングが収められ、日の目を見るのを今か今かと待っていた。

「拓海さん？」

寝室からリビングへ来た沙綾に声を掛けられ、ぼんやりしていた拓海は顔を上げる。

「なにか飲みますか？」

「せっかくだ。シャンパンでも飲むか」

「じゃあ、少しだけお付き合いします」

キッチンでシャンパンとつまみになるチョコレートを用意して、ふたり並んでソファに座り、カチンと小さくグラスを合わせ喉を潤す。

「湊人、今日すごく楽しかったって言ってました。お絵描きも料理も、パパとふたりは初めてだけど楽しかったって」

「そうか。何度も泣かれたけど、湊人が楽しかったならよかった」

「ありがとうございます。本当にすごく思い出に残る誕生日になりました。それに、来年からは誕生日だけじゃないんですよね」

「あぁ。これからは君のご両親と同じ、誕生日が俺たちの結婚記念日だ。そうだ、これを」

「あ、指輪。受け取ってきてくれたんですね」

濃紺のリングケースを開けて小さい方の指輪を取ると、沙綾の左手を握り薬指に通す。

真っすぐでシンプルだが、正面がほんの少しだけ波打つデザインになっていて、沙綾の方にはダイアモンドが六つ斜めに埋め込まれている。

沙綾の華奢な指によく似合うデザインに満足げに頷くと、沙綾が「私も、拓海さんにつけたい」と、大きい方の指輪を取ってつけた。

揃いの指輪をはめると、より夫婦になったのだと実感が増す。

嬉しそうにはにかんで指輪を見つめる沙綾を引き寄せて、腕の中に囲い込んだ。

「これで、ようやく俺のものになった」

「私はずっと拓海さんのものでしたよ」

真新しい指輪をはめた左手の甲に唇を寄せ、改めて誓いを立てる。必ず、この愛しい人を幸せにしてみせると。

腕を伸ばしてテーブルからブラウンの箱を手に取ると、蓋を開いて沙綾に差し出した。

「え？　これは？」

「ドイツで沙綾の誕生日に渡そうと思って購入していたものだ。三年も前のデザインだし、つけなくてもいい。ただ、俺の決意を知っておいてほしかった」

絶句してソリティアの指輪と拓海を交互に見る沙綾だが、理解した途端眉尻を下げて申し訳なさそうな顔をする。

「婚姻届も、こんなに素敵な指輪も用意してくれてたのに、私……」

「違う。沙綾を責めたいわけでも、過去を後悔させたいわけでもないんだ」

彼女の両肩に手を添え、しっかりと目を見て伝えた。

「俺を夫と父親にしてくれてありがとう。今まで苦労させてしまったぶん、これからは必ず沙綾と湊人を幸せにする」

「拓海さん……」

「これは、その誓いの証に受け取ってほしい」

「嬉しいです。指輪ももちろんですけど、拓海さんの言葉が、本当に……」

じわりと涙ぐむ沙綾の目尻に指を置き、クスリと笑う。

「そんなに涙脆かったか？」

「自分でも驚いています。今日は感動しすぎて、ずっと泣いてる気がする……」

「今からもう少し〝ないて〟もらうことになるが」

「え……？」

拓海は沙綾の背中と膝裏に腕を入れると、そのまま抱き上げて寝室へ向かった。

「たっ拓海さん……？」

戸惑った妻の声を一切聞かず無言でベッドに辿《たど》り着くと、膝をつきながらそっと沙綾を下ろし、覆いかぶさる。

「言ったはずだ。次は容赦しないと」

そう宣言した日から、ずっと今日を待っていた。

すぐにでも抱いてしまいたい気持ちを堪え、湊人に父として受け入れられるよう努力し、沙綾の夫となった日に抱こうと心に決めていた。

緊張した面持ちの沙綾を見つめると、頬を染めながらもそっと目を閉じる。それを了承と受け取って唇を合わせた。

「ん……っ」

徐々に口づけを深めていき、くぐもった声に欲を掻き立てられ、いつの間にか貪るように舌を絡めていた。

暴走しそうなほどの飢餓感《きがかん》を抑えられず、沙綾のルームウエアを手早く脱がし、なめらかな肌に手を這わせる。

首筋や胸元にキスを落としながら柔らかい肌の感触を楽しみ、胸の膨らみの先端を指で弄《いじ》る。

「やぁっ、んんっ」

「唇噛むな。傷になる」

「やだ、だって……」

唇を噛み締めて声を殺すのを許さず、親指で唇を割った。

「存分に啼《な》いてくれ」

愛撫《あいぶ》に感じている顔、快楽に染まった声、愛で満たされた熱、すべて逃さずに自分のものにしたい。

「拓海さ……キス……」

「あとでな。今は沙綾の声が聞きたい」

「やだ、今……」

唇を噛まずに声を我慢する方法なのだとわかっていても、沙綾の可愛いおねだりに逆らえない。

「甘やかしすぎはよくないと学んだはずなんだが。こうも可愛くねだられれば与えてしまうな」

楽しそうに笑って短い口づけを何度も施す拓海に焦れたのか、沙綾が首に手を回して自分に引き寄せた。

それに逆らわず口腔内へ舌を差し込み、中を自由に舐《な》め尽くす。

その間も手は休むことなく快感を引きずり出そうと動き回り、沙綾が反応を見せる箇所を丹念に責めた。

彼女を高みに押し上げ、ようやくひとつになってからも拓海の飢えは収まる気配を見せず、何度も欲望を沙綾に打ちつける。

「たく、拓海さ、あぁ……っ」

「沙綾。まだ耐えてろよ」

切れ切れに自分の名前を呼ぶ愛しい人の声音に煽られ、三年分の愛をぶつけるように律動を繰り返して快感を植えつけ、己もまた同じ感覚を享受《きょうじゅ》した。

言葉足らずなせいで一度は失いかけたなによりも大切な女性が、ようやく自分の妻になった喜びが、拓海をいつも以上に昂《たか》ぶらせる。

沙綾の最奥まで自分のものだと刻みつけるように抉《えぐ》り、瞳を閉じるのを許さずに視線を合わせた。

「あ、も、見ないで……」

「見ないわけないだろ。沙綾をすみずみまで見たい」

「だって、その目……ずるい」

真っ赤に潤ませた瞳で見上げてくる沙綾も煽情的《せんじょうてき》で、拓海は「それはお互い様だ」と小さく吐息を漏らす。

「好きだ、沙綾。愛してる」

「拓海さん、私も……っ」

「もう一生離さない。覚悟してついてこい」

最後の瞬間は口づけを交わしながら、互いの愛情の波に飲み込まれるように果てた。

エピローグ

十一月。あっという間に秋が過ぎ去り冬の足音が近付く頃、沙綾と湊人は拓海に連れられて、世田谷《せたがや》区にある彼の実家を訪れた。

三年前は期間限定の予定だったため拓海がひとりで結婚の報告をしたらしいが、さすがに今回はそうはいかない。

入籍を済ませているどころか子供までいる状態での挨拶は、拓海の父に一体どう映るのか。はたしてこの結婚は受け入れられているのかと不安でいっぱいだった。

それに、弟の大地の件もある。

勘違いが元とは言え、彼は沙綾に対しかなり嫌悪感をあらわにしていた。

浮気は事実無根だが、拓海を信じきれずに彼の元を去り、ひとりで湊人を産んだのは事実で、外交官という職業を理解していなかったと言われれば反論できない。

拓海は「大丈夫だ」としか言わないが、歓迎されないかもしれないと何日も前からそわそわしている。

先週は実家があった場所の近くにある沙綾の両親が眠る寺へ三人で行ってきた。

拓海は長く手を合わせていて、なにを話したのかと聞いたが、結局は今も詳しくは教えてもらっていない。

『俺とご両親の秘密だ。だがまぁ、主に謝罪と誓いだな』

内容こそわからないが、ずっと自分を見守ってくれている両親なら、誠実な拓海を気に入っただろう。

沙綾も手を合わせ、両親に結婚を報告した。今度は逃げるための手段ではない、本当に愛する人と一生一緒に生きていくという幸せな結婚報告ができて、沙綾もホッとした。

さらに拓海から、ドイツのマイヤー夫妻にも連絡をしようと提案された。

モニカ夫人にはとてもよくしてもらったのに、なんの報告もなしに帰国し、拓海との接点を消そうとメールアドレスも変えたため、それ以降一度も連絡を取っていない。不義理この上ないと落ち込み、ずっと気にかけていた。

「例の大使館脅迫の件はマイヤー議員の耳にも入っていると思う。俺が事情を説明するし、モニカ夫人もきっと沙綾を心配してる。彼らにも結婚を報告しよう」

そう背中を押され、沙綾はモニカ夫人へ手紙を出した。

三年もの間音信不通になってしまった謝罪と、ドイツでの経緯と結婚報告、許してもらえるのなら着物の着付けを教える約束を果たしたい旨を丁寧に綴《つづ》り、新しい連絡先を添えて送ると、先日メールが届いた。

湊人の存在への驚き、結婚への祝いの言葉とともに、再び会えるのを楽しみにしていると記されたメッセージを見て、心の奥につかえていたしこりが取れた気分だ。

今度拓海とともに呉服屋に行き、マイヤー夫妻へ着物のプレゼントを買おうと計画している。

数日前の出来事を思い返しながら到着した城之内邸は想像していた以上の豪邸で、緊張から顔が強張った。

土地柄立派な門構えの邸宅が並ぶ中、拓海の実家は曲線を多用したモダンなデザインながら、白レンガ積みの外壁が外国の雰囲気を漂わせていて一際目を引く。

「まま、おしろみたい！　まほうつかい、いる？」

「お城みたいだね。魔法使いがいるかはわからないけど、中で騒いだらダメよ？　挨拶はちゃんとしてね」

「はーい」

湊人のファンタジーな発言に少しだけ緊張が緩んだ。それに続いて拓海が背中を軽くたたき「心配しなくていい」と微笑みを向けてくれる。

「ただのおじさんと、沙綾より五つも年下の若造だ。全部説明はしてあるから、沙綾はただ俺の隣にいてくれればいい」

その頼もしさに、ドイツでのレセプションパーティーを思い出した。あの時も心臓が飛び出そうなほど緊張していたけれど、今日はその比ではない。

インターホンを押すと、沙綾たちを出迎えたのは城之内家の家政婦だった。そのまま客間に通され、拓海の父との初対面を果たす。隣には大地も座っていた。

「いらっしゃい。拓海の父の義彦《よしひこ》です」

重厚感のあるダークブラウンのソファから腰を上げ、義彦が笑みを浮かべた。

短く整えられた黒髪にシルバーフレームの眼鏡、セーターにスラックスという出で立ちは、さすが元厚労省の事務次官というだけあって貫禄がある。

拒絶や嫌悪といった雰囲気は感じられず、沙綾は内心で安堵のため息を漏らした。

「はじめまして。ご挨拶が遅れて申し訳ございません」

「じょうのうちみなとです、にさいです！」

沙綾が今さらの訪問になってしまったのを詫び、名乗ろうとしたところで、湊人が大きな声で新しいフルネームを口にした。

入籍を終えて無事に沙綾も湊人も城之内姓になった。いい機会だと自己紹介を教えたが、公園でもスーパーでも誰彼話しかけて自分の名前を言うようになり、少し困っている。

ブイサインのように二本指を立てた湊人に、義彦は目尻の皺を深くして頷いた。

「湊人くんか。元気がいいな」

「親父。それから大地も。先日説明した通り、彼女が俺の妻の沙綾、そして俺の息子の湊人だ」

「沙綾と申します。本日はお時間をいただきありがとうございます」

「まずは座りなさい。話はそれからだ。飲み物はなにがいいかな？」

咄嗟に「お構いなく」と遠慮した沙綾だが、義彦は初孫が来るのを楽しみにしていたらしく、ジュースもおやつも大量に買い込んでいるのだと、大地が苦笑しながら教えてくれた。

ありがたく湊人にオレンジジュースをいただき、焼き菓子と紅茶を運んできた家政婦が退室するのを見計らって、大地が「あの……」と口を開いた。

「先日は俺の勘違いから失礼なことを言って、すみませんでした」

両手を膝に置き、深く頭を下げる大地に、沙綾は慌てる。

「あ、あのっ頭を上げてください！」

「俺、沙綾さんが事情を説明されずに帰国したとは知らず、あんなこと言って。それに浮気相手だって決めつけた人が女性だって聞いて、俺のせいでふたりは別れてしまったんだって思ったら申し訳なくて……。本当にすみませんでした」

「いえ、大地さんのせいではないです。外交官という職業を理解できていなくて、勝手に離れたのは事実ですから」

なかなか頭を上げない大地に恐縮していると、その隣に座っていた義彦が真剣な面持ちで沙綾を見据え名前を呼んだ。

「沙綾さん」

沙綾は背筋を正し、その視線を正面から受け止める。威圧感はないものの、彼が話し始めると自然と耳を傾けてしまう、そんなオーラを持った人物だ。

眼光も鋭く、やはり拓海の父であり湊人の祖父であるのだと心の片隅で思いながら、緊張で震えそうな声で応えた。

「はい」

「拓海から経緯はすべて聞いた。確かに官僚には守秘義務があり、家族にも話せない職務内容も多々ある。だが、だからといって大切な人を悲しませていいはずがない。息子の不手際で、あなたには多大な苦労をかけてしまった。申し訳ない」

「いいえ！　そんな……」

まさか義彦からも謝罪を受けるとは思わず、沙綾はうまく言葉を返せない。

拓海とすれ違ってしまったのは、決して彼のせいではないと思っている。言葉が足りなかったところがあるかもしれないが、断片的な事実をネガティブに受け取って、『必ず連絡する』と言った拓海を信じられなかった沙綾も悪いのだ。

だけどこれからは拓海を信じ、愛してついていきたい。この結婚を認めてほしい。

たどたどしくも思いの丈を伝えると、義彦は「もういい大人だ。当人同士で方がついたのなら、私は反対などしないよ」と鷹揚《おうよう》に笑った。

「こんな息子だが、よろしく頼みます」

「ありがとうございます。こちらこそ、よろしくお願いします」

「近くにいると当たり前のことを言葉にするのを忘れてしまう。夫婦だからとすべてを詳《つまび》らかにする必要はないが、大切な思いは言葉にするべきだ。お互いにね」

「はい」

まさにその通りだ。沙綾が義彦の言う夫婦としての在り方に何度も頷いていると。

「なんて、妻に逃げられた私に言われても説得力がないだろうがね」

「えっ……」

笑いながら急に自虐的ジョークを投げられ、どう返答していいかわからず言葉に詰まる。

すると、すかさず拓海が助け舟を出してくれた。

「親父、沙綾を困らせるような冗談はやめてくれ。その話題は大地も拗ねる」

「拗ねてない。不快なだけだ」

「なんだ、大地はまだ陽子《ようこ》を許せないのか」

義彦は可笑しそうに大地を見やる。きっと陽子とは拓海と大地の母親だろう。沙綾は口を挟まずに見守った。

「親父はあの人を恨んでないのか」

実の母親を〝あの人〟と呼ぶ大地の心の傷はいまだ癒えていないようだ。どんな理由があろうと子供たちを、まして生まれて間もない赤ちゃんを置いて出ていくのは無責任だと沙綾も思う。

「拓海や大地という宝を残してくれた。私はそれで十分だ」

義彦の言葉に目を見張る。なんと大きくて寛容な人だろう。

裏切りを責めず、失ったものを数えず、今ある幸せに目を向けられる義彦に育てられたからこそ、拓海も器が大きく深い愛情をもつ男性に育ったのだと心が温かくなる。

ちらりと大地を見ると、照れくさそうに苦笑しながら紅茶のカップを口に運んでいる。その様子を見ている拓海もまた嬉しそうで、家族の絆《きずな》が沙綾にも伝わった。

「湊人くんはお前たちの小さい頃によく似ている。こんなにも可愛い子を育ててくれていたなんて。ありがとう、沙綾さん」

「やっぱり似ていますか？」

オレンジジュースに夢中になっている湊人を見ながら問いかける。ずぞぞぞ、とストローを鳴らしながら飲む姿は、その場の空気をさらに和やかにした。

「そうだね。目元なんてそっくりだ」

「俺も、初めて湊人を見た時は、大地の子供の頃を思い出した」

拓海が頷きながら湊人の頭を撫でると、話の半分も理解していないであろう湊人が
「みなと、にてる？」と聞いてきた。

「うん。湊人はパパにも大地さんにも、じいじにも似てるよ」

「だいち？　じいじ？」

「そう、パパの弟と、パパのパパだよ」

「ぱぱのおとと、ぱぱのぱぱぱ……」

まだ家族構成は難しすぎたようで、眉間に皺を寄せた湊人が「わかんにゃい！」と

拗ねる。

「みんな仲良しの家族ってことだ」

拓海が簡潔に伝えると、義彦は湊人に問いかけた。

「じいじと仲良くしてもらえるかな、湊人くん」

「うん！　いいよ！」

なんとも上から目線な返答に沙綾は窘めようとしたが、義彦は嬉しそうに笑ってくれた。

「いつでも三人で遊びに来なさい。実家のように思ってもらえると嬉しい。君たちはもう城之内家の一員だ」

彼の言葉に、沙綾は感謝を込めて頭を下げた。

その後、昼食をご馳走になってから夕方には自宅に帰ってきた。

帰りの車でぐっすり眠ってしまった湊人を布団に寝かせ、沙綾はようやくリビングで一息つく。

「疲れたか？」

「いえ、ただ想像を超えた豪邸でした」

「ハハッ、いつかもこんなやり取りをした気がするな。あのレセプションほどの緊張じゃなかっただろ？」

「あの時以上ですよ。でも、私も湊人も受け入れていただけてよかったです」

「当然だ。君たちを受け入れない理由がない」

そう言うと、慰労《いろう》を込めたキスが唇に落とされた。沙綾は素直に目を閉じて受け入れる。

「素敵なお父様ですね。拓海さんの考え方のルーツはお父様なんだって改めてわかりました」

「そうか？」

「はい。城之内家の一員になれて、とても幸せです」

平静を装ってはいるが、どこかはずかしげに視線を外した拓海が、郵便受けに入っていたチラシを仕分けて一通の封筒を沙綾に差し出した。

「え、私？　あ、夕妃から」

夕妃にも散々迷惑をかけたため、入籍した翌日に誕生日の公演チケットのお礼とともに結婚を報告をした。

（先月電話したばっかりなのに、なんで手紙？）

開けると、手紙と一緒にチケットが三枚入っている。

「【沙綾へ、結婚おめでとう。誕生日プレゼントと一緒で芸がないけど、沙綾ならこれが一番喜ぶと思ったから】って……えー！　これ来月のクリスマスの特別公演！　今年上演された演目の主題歌とクリスマスソングを各組のスターさんたちが一堂に会して歌うやつ！　ものすごい競争率で絶対チケット取れないから毎年生で見るのは諦めて同時上映の映画館に行ってたのに！　夕妃さすがすぎる！　だいすき！　どうしようお礼の電話、を……」

またしてもミソノオタクぶりを披露してしまい、沙綾は口をつぐんだ。

「沙綾」

「す、すみません。またしても……」

肩を竦めて上目遣いに拓海を見上げると、大袈裟なほど大きなため息をついた。

（どうしよう。ついに呆れられちゃったかな……）

沙綾が居たたまれなくて俯きそうになった時、拓海に少し強引に腕を引かれ、ぎゅっとその胸に抱き込まれた。

「た、拓海さん？」

「俺は何度〝ユウキ〟に嫉妬すればいいんだ」

「え？」

今の発言は、夕妃が女性だとわかった上で彼女に妬いているという意味だろうか。

そうだとしたら、かなりの独占欲だ。

驚いて拓海の顔を見ようと顎を上げると、大きな手のひらで視線を遮られてしまう。

「わっ」

「見ないでくれ。自分でも心の狭さに驚いてる」

「そんな拓海さんも可愛くて大好きです」

「……可愛いとは嬉しくないな」

「そうですか？　でも可愛いです」

端正な顔が見えないせいか、普段よりも強気に出られる気がした。

「話す声がふて腐れていて、見えなくても拓海さんがどんな顔をしているのかが想像できます」

「……どんな顔をしている？」

「ふふっ。可愛い顔です」

以前見たことのある表情は、湊人が拗ねてしまった時の顔つきに似ていると気が付いた。

「お義父さんにアルバム見せてもらえばよかったです。子供の頃の可愛い拓海さん、見たかったな」

クスクス笑っていると、リビングの奥の寝室からお昼寝から目覚めた湊人の小さな泣き声が聞こえた。

「あっ、湊人が……んん！」

拓海から気を逸らせた瞬間、噛みつくように唇を奪われ、熱い舌が捩じ込まれる。

「ん……っ」

覆われていた視界が開け、目の前には黒曜石の瞳がじっとこちらを見つめている。

熱い眼差しを交わらせたまま舌を絡ませ、沙綾の膝に力が入らなくなる頃になってようやくリップ音を鳴らして離れていった。

「可愛いとはそういう顔を言うんだ。覚えておくように」

不敵に笑った拓海が湊人の元へ悠然と歩いていく背中を見送りながら、沙綾は火《ほ》照《て》った頬を押さえてその場にしゃがみ込む。

（あの目はずるいって何度も言ってるのに。ミソノ以上に拓海さんにときめいてるだなんて、絶対教えてあげないんだから）

心の中で文句を言いながらも、満ち足りた気分で頬が緩んでいるのが自分でもわかった。

間もなくリビングへ来るであろうふたりと、クリスマスの計画を練ろう。

三人家族になって初めてのクリスマス。プレゼントのチケットで観劇して、美味しいディナーとケーキを食べて、湊人が眠ったら拓海とふたりでサンタクロースになる。

そんな幸せな未来を、家族で過ごしていくのだ。これからも、ずっと。

Fin.

特別書き下ろし番外編

幸せな結婚式

セットしていた目覚ましよりも早く起きた湊人のテンションは朝から最高潮で、三人で眠っていたキングサイズのベッドの真ん中でぴょんぴょん跳ねる。

「パパ！　ママ！　おーきてー！」

今日は沙綾と拓海の結婚式。朝早くから準備があるため、昨夜は挙式をするホテルアナスタシアに家族で宿泊した。

湊人に起こされた沙綾と拓海も起き上がり、本人同様ぴょんぴょん跳ねる寝癖だらけの髪を撫でてやる。

「おはよう、湊人。もう起きたの？」

「随分早起きだな」

「うん！　だってたのしみだもん」

このホテルは沙綾と拓海が結婚するきっかけとなった婚活パーティーが開かれた場所。

いくつかブライダルフェアを見て回ったがどのホテルも甲乙付けがたく、それならば思い出のある場所で式を挙げようとアナスタシアに決めた。

最上階のインペリアルスイートを二泊手配し、今日もここに泊まる予定だ。

一度拓海との契約結婚を決めた夜に泊まったが、あの時は酔いつぶれていたのと、翌日の朝も戸惑いが大きく、あまり部屋の記憶はない。

改めて見るととにかく広くて、家具や調度品のなにもかもが重厚感と気品に溢れ、さすが伝統と格式のあるホテルだと感嘆する。

花嫁の身支度に時間がかかるため、朝食のあとは沙綾が先にブライズルームへ向かう予定になっていた。

「じゃあ湊人、ママ先に行くね」

「うん、いってらっしゃーい」

「拓海さん、湊人をお願いします」

「ああ。綺麗な花嫁を期待してるよ」

「……あんまりハードル上げないでください」

結婚式の打ち合わせは思っていた以上に決める事柄が多く、多忙だった拓海はどうしても全部には参加できなかった。

彼の仕事関係の招待客も多いため、拓海の時間がある時は席次や挨拶などゲスト関連の打ち合わせに終始し、自分たちの衣装や装飾は沙綾ひとりでプランナーと相談して決めた。

そのため、拓海は沙綾がどんなドレスを選んだのかを知らないままなのだ。

豪華なスイートルームを出てエレベーターで二階まで下り、連絡通路を通ってタワー館から本館へ向かう。

何度も足を運んだブライズサロンのある五階に着くと、担当の女性が迎えてくれた。

「おはようございます、城之内様。本日は誠におめでとうございます」

「ありがとうございます。今日はよろしくお願いします」

彼女に案内され、ブライズルームに入った。

花嫁のカラーである白を基調とした室内は、都会の街並みと緑豊かな公園が見渡せる大きな窓から夏の日差しが降り注ぎ、洗練された空間ながら落ち着いた雰囲気でホッとできる。

指示された通りブライダルインナーの上にバスローブを羽織ると、早速メイク担当の女性が入室し、大きな鏡の前に座って化粧を施してもらう。

豪華なドレスに負けないよう普段の何倍も濃く派手なメイクによって、見知った自分の顔がいつもと違って見えるのが不思議な気分だった。

「では次に、こちらのドレスの前へお願いします」

「はい」

床にドーナツのように置かれているドレスの中央に立ち、身頃を引き上げて着付けてもらう。

肩を覆うケープカラーの胸元にはリボンがあしらわれ、パールのような光沢のあるシルクが華やかなウェディングドレスは、オーダーならではのサイズ感で沙綾の身体を包み込む。

デザインはシンプルなAラインだからこそ、ノーブルな美しさが際立つドレスだ。

纏めた髪のトップにドレスと合わせたリボン型のボンネとベールをつけ、肘までのグローブをはめれば、世界で一番幸せな花嫁の完成となる。

目の前の全身鏡に映る自分をじっと見つめ、いよいよだと緊張が高まってくる。

胸に手を当てて大きく息を吐くと、担当の女性が「一生に一度のことですし緊張しますよね」と声を掛けてくれた。

「はい」

「しっかりとサポートさせていただきます。素敵なお式にいたしましょうね」

「ありがとうございます」

「そろそろご新郎様とお子様の準備が整っていると思いますので、お呼びしましょうか」

そう言って出ていった担当と入れ替わりに入ってきたのは、ドレスに負けない光沢のあるシルバーのタキシードを纏った拓海だ。

「沙綾」

「拓海さん」

長身で均整の取れたスタイルの彼はモデルが写真から抜け出てきたようにタキシードを着こなし、沙綾に甘い視線を向けている。

閉められた扉の前から動かずに、穴が開きそうなほどじっとこちらを見つめる拓海に焦れ、椅子に座ったまま恐る恐る問いかけた。

「えっと、どう……ですか？」

「……言葉が出ないな。綺麗だ、とても」

「ありがとうございます。拓海さんも、とても素敵です」

「期待以上だ。早く俺の妻だと見せつけたいが、俺だけのものにしておきたい気もするな」

とびきりの賛辞をもらって微笑んだ沙綾だが、湊人の姿がないことに気が付いた。

「あれ、湊人は？」

「親族控室で父と大地と一緒にいる。沙綾のドレス姿を一番に見るのは、新郎である俺だけの特権だからな」

顎を上げて不敵に笑う拓海が可笑しくて、沙綾は頬を緩めた。

拓海と湊人は普段は仲がいいものの、なにかと沙綾を巡ってバトルを繰り広げる。

今日は何回ママとハグをしたとか、ママのいいところを何個言えるかとか、そんなくだらなくて愛しい戦いを毎日のようにしているのだ。

手を繋いで歩く時も、ソファに座る位置も、必ず沙綾が真ん中になる。

どうやら今日は拓海が大人げなくひとりでブライズルームに入ると主張してきたらしい。

「ふふっ、拓海さんったら」

「それに湊人はフラッグボーイの練習があるらしい。張り切ってたよ」

湊人には挙式で沙綾たちより前に入場するフラッグボーイの役目をお願いしている。

【HERE COMES THE BRIDE】と書かれた旗を持ち、これから新郎新婦が入場しますよと予告する演出だ。

「そっか。撮影してもらうけど、湊人の入場を生で見られないのは残念だな」

きっと旗を持ってバージンロードをとことこ歩く湊人は、なによりも可愛いに違いない。

そう考えていると、コンコンと扉をノックする音が響いた。

「はい」

「沙綾？　入ってもいい？」

「夕妃！　もちろん」

ドレスで身動きが取りづらい沙綾に変わって、拓海が扉を開けてくれた。

「城之内さん、沙綾。本日はおめでとうございます」

扉の前で一礼した夕妃はドレッシーなパンツスタイルで、彼女の魅力が存分に発揮されている。

「夕妃、忙しいのに来てくれてありがとう」

「当たり前でしょ。沙綾ママの代わりに大役を仰せつかったんだから」

高校時代から散々お世話になった夕妃には、ベールダウンをお願いした。

何度彼女の存在に助けられただろう。元彼に浮気され職場で辛い思いをしていた時も、ひとりで湊人を産むと決めた時も、拓海と向き合おうと背中を押された時も、夕妃はずっと味方となってそばにいてくれた。

彼女がいなければ、今この幸せな瞬間はなかったかもしれない。親友とひと言で片付けられないほど、かけがえのない大切な存在だ。

沙綾は拓海の手を借りて立ち上がると、ドレスの裾を踏まないように気をつけながら夕妃のそばへ寄った。

「沙綾、本当によかったね」

「うん。ありがとう。夕妃のおかげだよ」

「たくさん頑張ったぶん、幸せになりな」

優しく微笑みながらベールを下ろしてくれた夕妃の言葉に、涙が溢れてきそうになる。

「うう……泣きそう」

「ダメダメ、まだ式の前だよ。メイク崩れちゃう」

「だってぇ……」

「しょうがないなぁ。『君のドレス姿は薔薇の花より気高く、百合《ゆり》の花より清らかだ。僕の心は君の美しさに囚われ、革命への闘志を忘れてしまいそうなほど』……なんてね」

「あっ、先月の舞台だ！　久しぶりの中世ヨーロッパものでドラマチックだったね」

「バージンロード歩いてる時に扉バーンって乱入しようか？　もっとドラマチックだよ」

しんみりする沙綾を笑わせようとした夕妃の発言に、後ろで見守っていた拓海が顔をしかめた。

「頼むからやめてくれ。君が言うとシャレにならない」

「あれ、城之内さん、まだ私に妬いてます？」

ふたりのやり取りに、沙綾もつい笑ってしまう。

「……どんな男が来ても沙綾を渡さない自信はあるが、君には一生勝てる気がしない」

「あはは！　沙綾のミソノオタクぶりは年季入ってますからね。……でもよかった。今の言葉を聞いて安心しました」

夕妃は沙綾と拓海の交互に視線を向け、ニッコリと顔を綻《ほころ》ばせた。

「『どんな男が来ても沙綾を渡さない自信はある』だって。愛されてるね、沙綾」

からかうような口調にはずかしくなるものの、その通りなのでこくんと頷いた。

「ごちそうさま。じゃあ私は参列席に行くから」

「うん、本当にありがとう」

夕妃は終始湿っぽい空気にならないようはしゃいでいたが、その瞳が涙で潤んでいたことに沙綾は気付いていた。彼女なりの気遣いに胸が熱くなる。

夕妃の背中を見送ると、後ろから大きな腕でそっと抱きしめられる。

「素晴らしい親友だ。大切にしないとな」

優しげな声音に、堪えていた涙が一筋ぽろりと彼の腕に落ちた。

「はい。大好きです」

「負けないくらい、俺も君を想っているけどな」

「ふふっ、どうして張り合おうとするんですか」

包み込んでくれる腕に手を添え、泣きながら笑う。幸せな涙は温かいのだと知った。

拓海とまったく同じデザインの小さなタキシードを着てご機嫌な湊人が入場し会場を湧かせているのを、沙綾は拓海と腕を組みながら扉の外で聞いていた。

「すごい盛り上がりだな」

「ですね。今日の主役を取られちゃうかも」

「心配ない。湊人も可愛いが、今日の沙綾は誰よりも綺麗だ」

すぐ後ろに介添人がいるにも関わらず、拓海はそんなことを言う。

嬉しいのと照れくさいので顔が赤く染まるが、ベールのおかげで参列者に気付かれることはなさそうだ。

「それでは扉を開けます。一歩ずつお進みください」

教会内から聞こえる音楽が大きくなり、パイプオルガンの荘厳《そうごん》な曲が響く中、ゆっくりとふたりで歩みを進める。

たくさんの参列者から拍手を送られ、それだけで胸がいっぱいになった。

中にはドイツでお世話になったマイヤー夫妻もいる。モニカ夫人は先日沙綾が贈った着物を着てくれていて、嬉しさと驚きで再び涙腺が緩む。

祭壇の前で誓いの言葉を交わし、指輪を交換すると、牧師から「誓いのキスを」と促される。

拓海が一歩沙綾に近付き、ゆっくりとベールを上げた。

「幸せにする。必ず」

「はい」

そのままキスをするかと思いきや、拓海は祭壇から「湊人！　おいで！」と声を上げた。

「ママ！　パパ！」

大人しく義彦の隣にいた湊人が駆け寄ってくると、拓海は湊人を抱き上げる。

「パパはこっち、湊人はこっちな」

「うん！」

沙綾はなにがなんだかわからないまま戸惑っていると、右頬には拓海から、左頬には湊人からキスをされた。

その瞬間、教会に大きな拍手が響き渡る。

「ママ、パパ、おめでとう」

拓海に抱っこされた湊人に満面の笑みで祝われ、ついに沙綾の涙腺は決壊してしまった。

「ありがと、湊人……」

「パパ！　ママないちゃった！」

「いいんだよ、嬉しいってことだから」

「ママ、うれしい？」

「うん、とっても嬉しい」

そのまま牧師からの結婚の宣言を聞き、三人で退場する。

その並びも、当然のように沙綾が真ん中だ。

「湊人が真ん中じゃなくていいの？」

「いいの！　ママはパパとぼくのおひめさまだから。パパとぼくでまもるの！」

頼もしい発言に目を見張った。

三歳になった湊人は幼児教室にも通い始め、毎日見ているはずの親でさえ驚くスピードで成長している。

あっという間に赤ちゃんらしさは抜け、しっかり逞しい男の子に育った。

きっと将来は拓海のように素敵な男性になってくれることだろう。

「ありがとう、湊人」

屈んで顔を寄せて頬ずりすると、もう一度ちゅっと頬にキスをされた。

「ぼく二回め！　パパは一回だから、ぼくのかちだ！」

「ふふっ、本当だ。湊人の勝ちだね」

お姫様を守ると意気込む小さな王子様も、やはり年相応で可愛らしい。

同意しながら扉の外に出て、参列者に向き直り、もう一度深く頭を下げた。

そのまま扉が閉まるかと思いきや、隣からぐいっと腕を引かれ、あっと思う間もなく唇を奪われた。

厳かな教会から歓声と口笛が響き渡る中、係の女性ふたりが重厚な扉を閉めてくれる。

「た、拓海さん！」

「こういうの、クロージングキスって言うらしいぞ。これでパパも二回」

「パパ、ずるーい！」

「なんとでも言ってくれ。沙綾は俺のお姫様だ」

相変わらずの戦いを繰り広げる親子の会話に、式場のスタッフもクスクスと笑い声を立てる。

沙綾は耳まで真っ赤にしながらも、愛しい王子様たちの頬にそれぞれお返しのキスを贈ったのだった。

おまけの話

　小学生の頃から抜きん出て背が高かった。

　ランドセルは似合わないいし、顔立ちも切れ長の瞳に鼻筋が通っていて、大人びた印象を与える容姿がコンプレックスだった。

　名前の音が〝ユウキ〟と男性名のようなのも相まって、クラスの男子に『男おんな』と意地悪され、自分に自信が持てない時期が続く。

　中学を卒業する頃には身長は百七十センチを超え、本当は周りの女の子と同じように可愛いものが好きだけれど、似合わないと言われるのが怖くて言葉にすることができないでいた。

　そんな時、夕妃は人生を大きく左右する人物に出会う。

『夕妃、聖園歌劇団って知ってる？　私めちゃくちゃ大ファンなんだけど、夕妃はこの男役さんみたいだね』

　高校一年生の頃、同じクラスになった吉川沙綾は熱心なミソノファンだった。

『男役？』

聖園歌劇団を知らなかった夕妃が聞き返すと、瞳を輝かせてミソノについて語り始める。

『そう！　女の人だけの劇団でね、男の人の役も女性が演じてるの。それがすごくカッコよくて』

とめどなく溢れるミソノ愛にたじたじになるほどで、夕妃が口を挟む隙もない。

唐突に始まったミソノ講座に驚きつつも、ここまで真っすぐに好きなものを好きだと言える情熱を羨ましくも感じた。

『夕妃はミソノに入ったらあっという間にスターになりそうだね』

『え、私が？　どうして？』

『どうしてって！　男役さんにとって、まずその長身は武器になるもん！　それに夕妃、めちゃくちゃ美人だから極めればとんでもないイケメンになるだろうし、人気爆発間違いなし！』

『美人じゃないよ。それに姿勢も悪いし、華やかな人気者には程遠いよ。確かに昔から男おんなって言われてたけどさ』

自虐的に笑うと、沙綾はくりっとした目を吊《つ》り上げて自分のことのように怒った。

『夕妃は美人だよ！　身長高いのを気にして猫背になっちゃってるのかもしれないけ

ど、スタイルよくて羨ましいくらいだし、〝男おんな〟なんて言ってた人は、夕妃のこと妬んでただけ。気にしちゃダメだよ』

『沙綾……ありがとう』

『ねぇ、一度一緒にミソノ観に行かない？』

と誘う。

彼女に誘われて観た聖園歌劇団の舞台は、華やかで美しく、現実を忘れるほど夢の世界そのものだった。

その中心で歌い踊り、芝居をしていた男役スターは夕妃と同じくらいの長身だったが、ピンと背筋を伸ばして自信に満ち溢れ、ライトのせいだけじゃなく輝いて見えた。

(あの舞台なら、私も自分に自信が持てるかもしれない)

その日から夕妃は進路を大学進学から聖園歌劇入団へと舵《かじ》を切り、必死に芸事を磨いて、その夢を掴み取った。

コンプレックスだった長身と中性的な顔立ちを活かし、世の女性たちを夢の世界へと誘う。

自分に自信を持てるようになった今では、好きなものは好きだと公言できるようにもなった。

夕妃が子供の頃から猫グッズが好きだと初めて取材で答えると、ファンからは『可愛い』『ギャップ萌え』と好意的な反応があり、さらには大量の猫グッズが送られてきた。背中を丸めていた学生時代から脱却するきっかけをくれた沙綾には、とても感謝している。

そう伝えると彼女は『夕妃が努力したからでしょ』と笑った。

高校一年生の誕生日に猫のスマホケースをプレゼントしてくれた彼女こそ、ありのままの自分を認め、コンプレックスが武器になると教えてくれた恩人のような存在だ。

夕妃はバージンロードを家族三人で歩いて退場した沙綾を見ながら、目頭が熱くなった。

親友が幸せになってくれたのが嬉しい。

彼女が両親を亡くして苦労したのも知っているし、バカな男のせいで傷ついたのも見てきた。

夫となる拓海とも、すれ違いから一時は離れ離れになってしまっていたが、誤解が解け、こうして結婚式を挙げられる日がきたのだ。

この上なく嬉しいはずなのに、どこか寂しさを感じている自分に気付く。

控え室でまだ自分に妬いているのかと拓海をからかったが、もしかしたら夕妃も拓海に嫉妬を感じているのかもしれない。

親友であり恩人の沙綾が、遠くに行ってしまうかのように思えた。

（やだ、子供じゃないんだから……）

クロージングキスに参列者が沸く中、じわりと浮かんだ涙が一筋零れ落ちる。

慌ててバッグからハンカチを出そうとすると、隣から真っ白な四つ折りのハンカチがスッと差し出された。

「よかったら」

低く落ち着いた男性の声に驚いて隣を見上げ、その見上げたことにまた驚いた。

夕妃の身長は百七十六センチあり、女性はもちろん、男性ですら見上げる機会は少ない。きっと百九十センチ近くあるのだろう。

そのスタイルにマッチするワイルドな雰囲気の顔立ちは男らしく、ハンカチを持つ手もかなり大きい。彼の隣にいれば自分さえ普通の女性に見えそうだと思った。

「あ、ありがとうございます」

夕妃は素直にハンカチを受け取ると、頬に流れた涙をそっと拭った。

「花嫁のご友人ですか？」

「はい。高校の同級生で、横井といいます」

「雨宮です。素敵な式でしたね。新郎はかなり浮かれているようでしたが」

「あはは、ですね。雨宮さんは城之内さんのお友達ですか？」

「職場の同期なんです」

「あ、じゃあ外務省の」

「ええ。今はウィーンの大使館に勤務しています」

世間話をふた言三言話した後、夕妃はハンカチをどうするべきか迷う。

（こういうのって、このまま返していいの？　でも洗って返すのは無理だし……）

今日初めて会ったばかりで連絡先も知らないし、今後会う予定もない。

手に持ったハンカチに視線を落とし考え込んでいると、それに気付いた彼が小さく笑った。

「迷惑じゃなければそのまま持ってて。美人にもらってもらえればハンカチも本望だ。それとも、大事なハンカチだから必ず返せと言えば、連絡先を教えてもらえる？」

ウインクでもついてきそうなセリフに目を見張る。

聖園歌劇団の男役トップスターとして、女性をキュンとさせる甘い言葉を言い慣れてはいても、言われる側に回ったことはない。

今日は親友の結婚式なので華やかなメイクでドレスアップしてはいるものの、パンツスタイルにヒールで、周囲の女性たちよりも頭ひとつ大きい。

「外交官だと海外の文化に感化されて、女性は片っ端から口説かないといけない義務感でもあるんですか？」

「まさか。自分から女性に声を掛けたのは初めてだよ」

「それは……物好きって言われません？」

「いや。これでも優秀な外交官でね。人を見る目には自信がある」

獲物を狙うような視線を向けられ、夕妃は思わず見つめ合ったまま固まった。

「とはいえ、俺は明後日にはウィーンへ戻る空の上だ。そうだな……二年後」

名案を思いついたとばかりに、雨宮と名乗った男は魅惑的に微笑む。

「ウィーンでの任期はちょうどあと二年なんだ。二年後の今日、この時間に、このホテルのラウンジで会おう。その時に、ハンカチを返してもらう」

「え……、え？」

困惑する夕妃だが、向けられた微笑みに頬がじわりと熱くなっているのが自分でもわかった。

（待ってよ。これがミソノの舞台なら、なにかが芽生えちゃうお約束の展開なんだけど……）

きっと沙綾が聞けば、こぶしを上下にぶんぶん振りながら大興奮するに違いない王道ストーリーだ。

だからといって、まさか自分の身にそんなことが起きるなんて信じられない。

「じゃあ、また二年後に」

「あ、待って……！」

呼び止めたものの、振り返らずに行ってしまった男の背中を見送り、夕妃は途方に暮れる。

（えっと、ただの冗談……だよね？）

そう自分に言い聞かせながら、手にしたハンカチをぎゅっと握り締めた。

きっと沙綾の夫である拓海に聞けば、彼のことはわかるだろう。赴任先は違えど、同期ならば連絡先も知っているはずだ。

拓海に連絡先を聞いて断ることもできるし、今から向かう披露宴会場で雨宮を探し、ハンカチを返してしまうことだってできる。

だけど、夕妃はそのどちらもしようとは思わなかった。

高校卒業と同時に歌劇団に入学して十年。

ずっと夢の世界でキラキラしたときめきを女性に与える仕事をしてきた。

初めは男性役でキザなセリフを言うのもはずかしかったけれど、今じゃ多くの女性ファンをときめかせていることに快感すら覚えている。

それなのに、まさか自分が男性を相手に胸が高鳴るだなんて、夕妃は驚きと同時に、やはり自分も女性なのだと痛烈に感じた。

(もしもその場の冗談だったとしてもいい。せっかくの出会いだし、彼の提案に乗ってみよう)

そして、二年後——。

ホテルアナスタシアのラウンジに現れた高身長でスタイル抜群の美男美女に、周囲の目は釘付けになった。

相変わらずワイルドな容貌に嬉しそうな笑みを湛えた雨宮仁と、先日惜しまれつつ聖園歌劇団を退団した夕妃の再会。

ここからなにが芽生え、どんな物語が始まるのか。それはまだ、誰も知らない。

Fin.

あとがき

こんにちは。蓮美ちまです。

『怜悧な外交官が溺甘パパになって、一生分の愛で包み込まれました』をお手に取っていただき、ありがとうございます。

今作は外交官ヒーローかつシークレットベビーの設定と、私にとって初めて尽くしのお話となりました。お楽しみいただけましたでしょうか？

拓海の赴任先をドイツにしてみようと思いついた瞬間、ベルリンの壁を打ち崩した民衆の力と、ヒーローが頑ななヒロインの心の壁を解きほぐす愛の力をリンクさせて書こうと決めて、ストーリーを組み立てていきました。

私は宝塚歌劇が好きなので、作中の劇のストーリーやセリフを考えるのが楽しかったです。特に夕妃はお気に入りのキャラクターになりました。きっと仁と幸せになってくれることと思います。

拓海&沙綾夫妻と、仁&夕妃カップルの四人でのお出かけなんかも楽しそう。はたから見れば、沙綾の〝イケメンに囲まれる逆ハーレム感〟がとんでもないことになりますね。なんて羨ましい。

拓海と沙綾の息子、湊人も書くのがとても楽しかったです。二歳前後ならではの可愛らしさを堪能していただければ嬉しいです。

私も下の娘が一歳になり、あと半年もすればイヤイヤ期に差しかかるのかと思うと、成長が嬉しい半面、どんな怪獣になるやらと戦々恐々です。もちろん、それすら愛おしいのですが。

最後になりましたが、今作も大変お世話になった担当の若海様、本田様をはじめ、出版に関わってくださった皆様に、この場をお借りしまして感謝申し上げます。

表紙イラストは鮭田ねね先生。

私の頭の中にあった理想通りの拓海と沙綾、そして可愛すぎる湊人を描いてくださり、感激しきりです。ありがとうございます。

そして、この本をお手に取ってくださった皆様。本当にありがとうございます。

またいつか、別の作品でもお会いできますように。

蓮美《はすみ》ちま

蓮美ちま先生への
ファンレターのあて先

〒104-0031
東京都中央区京橋1-3-1
八重洲口大栄ビル7F
スターツ出版株式会社　書籍編集部　気付

蓮美ちま先生

本書へのご意見をお聞かせください

お買い上げいただき、ありがとうございます。
今後の編集の参考にさせていただきますので、
アンケートにお答えいただければ幸いです。

下記URLまたはQRコードから
アンケートページへお入りください。
https://www.berrys-cafe.jp/static/etc/bb

怜悧な外交官が溺甘パパになって、一生分の愛で包み込まれました

2023年1月10日　初版第1刷発行

著　　者　蓮美ちま

発 行 人　菊地修一
デザイン　カバー　Scotch Design
フォーマット　hive & co.,ltd.
校　　正　株式会社文字工房燦光
編集協力　本田夏海
編　　集　若海瞳
発 行 所　スターツ出版株式会社
〒104-0031
東京都中央区京橋1-3-1　八重洲口大栄ビル7F
TEL　出版マーケティンググループ　03-6202-0386
（ご注文等に関するお問い合わせ）
URL　https://starts-pub.jp/
印 刷 所　大日本印刷株式会社

Printed in Japan

乱丁・落丁などの不良品はお取替えいたします。
上記出版マーケティンググループまでお問い合わせください。
定価はカバーに記載されています。

ISBN 978-4-8137-1377-7　C0193

ベリーズ文庫 2023年1月発売

『気高きホテル王は最上愛でママとベビーを絡めとる【極上四天王シリーズ】』 紅《くれない》カオル・著

OLの美織は海外旅行中に現地で働く史哉と出会い付き合うことに。帰国後も愛を深めていき美織の妊娠が発覚した矢先、彼は高級ホテルの御曹司であり自分との関係は遊びだと知り彼に別れを告げる。ところが、一人で子供を産み育てていたある日、偶然再会してしまい!?　なぜか変わらぬ愛を注がれて…。

ISBN 978-4-8137-1374-6／定価737円（本体670円＋税10%）

『極上パイロットはあふれる激情で新妻を愛し貫く～お前のすべてが愛おしい～』 佐倉伊織《さくらいおり》・著

機械いじりが大好きで、新人整備士として奮闘する鞠花。ある日、大学時代の憧れの先輩でエリートパイロットの岸本と急接近！　彼と過ごすうち想いはどんどん膨らんでいくも、実は鞠花には親が決めた婚約者が。それを知った岸本は「俺にお前を守らせてくれ」――鞠花に突如プロポーズしてきて…!?

ISBN 978-4-8137-1375-3／定価737円（本体670円＋税10%）

『一生、俺のそばにいて～エリート御曹司が余命宣告された幼なじみを世界一幸せな花嫁にするまで～』 滝井《たきい》みらん・著

璃子は18年間、幼馴染の御曹司・匡に片思い中。だけど、彼にとって自分は妹的存在であるため告白できないでいた。ところがある日、余命半年の難病であることが発覚。最後は大好きな彼と一緒に過ごしたい――と彼の家へ押しかけ同居スタート。璃子の我儘を何倍もの愛情で返してくる彼に想いが溢れて…。

ISBN 978-4-8137-1376-0／定価737円（本体670円＋税10%）

『怜悧な外交官が溺甘パパになって、一生分の愛で包み込まれました』 蓮美《はすみ》ちま・著

親友の勧めで婚活パーティへ参加した沙綾は、大学時代の先輩・拓海と再会。外交官の彼に提案されたのは、ドイツ赴任中の三年限定で妻を務めることだった。愛なき契約結婚のはずが、夜ごと熱情を注がれご懐妊！　しかし、ある事情から沙綾は単身で帰国することになり、二人は引き裂かれそうになって…!?

ISBN 978-4-8137-1377-7／定価726円（本体660円＋税10%）

『溺愛前提、俺様ドクターは純真秘書を捕らえ娶る』 未華空央《みはなそらお》・著

総合病院で院長を務める晃汰の秘書として働く千尋は、病に倒れた母を安心させるためにお見合い結婚を決意。すると、跡継ぎを求めている晃汰に「好きでもない相手と結婚するくらいなら俺の妻になれ」と強引に娶られてしまい!?　始まった新婚生活は予想外に甘く、彼の溺愛猛攻に千尋は蕩け尽くして…。

ISBN 978-4-8137-1378-4／定価726円（本体660円＋税10%）

ベリーズ文庫 2023年1月発売

『離婚予定の契約妻ですが、クールな御曹司に溺愛されて極甘懐妊しました』 森野《もりの》りも・著

地味OLの純玲はプロポーズまでされていた彼氏の浮気現場を目撃してしまう。どん底な気分の時、初恋の相手である御曹司の泰雅と会うことに。親に心配をかけたくないと話すと、期限付きの契約結婚を提案される。戸惑うも、利害の一致から結婚を決意。離婚前提のはずが、彼に愛を刻まれ妊娠して…!?

ISBN 978-4-8137-1379-1／定価726円（本体660円＋税10%）

『精霊に愛されすぎた腹ペコ聖女、追放されたけど隣国王太子に溺愛されて幸せいっぱいです』 やきいもほくほく・著

精霊に愛されている聖女・オフィーリアは、"食べ過ぎ"を理由に王太子から婚約破棄されてしまう！　森に捨てられて空腹で意識を失っていたら、隣国王子・リーヴァイに拾われて…。大盛りの料理とたっぷりの愛で満たされていくオフィーリア。母国からついてきた大量の精霊達によって、聖女の力が覚醒し…!?

ISBN 978-4-8137-1380-7／定価726円（本体660円＋税10%）

ベリーズ文庫 2023年2月発売予定

Now Printing

『姉の元婚約者(自称「訳アリ事故物件」)から蕩けるほど溺愛されています』 あさぎ千夜春《ちよはる》・著

御曹司・白臣との結婚から姉が逃げたことをきっかけに、家が没落した元令嬢の夏帆。奨学金をもらいながら大学に通っていると、7年ぶりに白臣が現れ、なんと夏帆に結婚を申し出て…!? 戸惑いつつもとんとん拍子で結婚が決まり同居がスタート。大人な彼にたっぷり甘やかされ、ウブな夏帆は陥落寸前で…!?

ISBN 978-4-8137-1388-3／予価660円（本体600円＋税10%）

Now Printing

『新妻盲愛～堅物警視正が秘める仮面夫婦事情』 水守《みずもり》恵蓮《えれん》・著

日本の警察界のトップを歴任してきた名門一族出身の瀬名奎吾と政略結婚した凛花。いざ迎えた初夜、ずっと好きだった相手に組み敷かれるも、ウブな凛花の態度に奎吾は拒否されていると思い込んでしまう。互いに強く想い合うあまりすれ違いが重なり――。そんな時、凛花が事件に巻き込まれて…!?

ISBN 978-4-8137-1389-0／予価660円（本体600円＋税10%）

Now Printing

『タイトル未定（航空自衛官）』 晴日青《はるひあお》・著

ウブなOLの実結は、兄から見目麗しく紳士的な男性を紹介される。航空自衛官だという彼とのデートにときめいていると、実は彼の正体は幼馴染で実結の初恋の相手・篠だった！ からかわれていたと思い怒る実結に「いい加減俺のものにしたい」――篠は瞳に熱情をにじませながら結婚を迫ってきて…!?

ISBN 978-4-8137-1390-6／予価660円（本体600円＋税10%）

Now Printing

『エリート弁護士は懐妊妻を一途に想う』 美希《みき》みなみ・著

祖父から嫁ぐよう強制された天音は、大企業の御曹司で弁護士としても活躍する悠希と離婚前提の政略結婚をすることに。「人を愛さない」と冷たく言い放つ彼だったが、一緒に暮らし始めると少しずつ距離が縮まっていき…。言葉とは裏腹に悠希に甘く翻弄されていく天音。やがて、赤ちゃんを身ごもって!?

ISBN 978-4-8137-1391-3／予価660円（本体600円＋税10%）

Now Printing

『エリート外交官の周到な契約結婚』 きたみまゆ・著

恋人に裏切られ仕事も失った日菜子。失意の中雨に打たれていると、兄の友人である外交官・亮一と偶然再会し契約結婚を持ち掛けられる。利害が一致し、期間限定の夫婦生活がスタート。2年後には離婚するはずだったのに、ある夜、情欲を滾らせた亮一に激しく抱かれた日菜子は、彼の子を妊娠してしまい…。

ISBN 978-4-8137-1392-0／予価660円（本体600円＋税10%）

タイトル、価格等は変更になることがございますのでご了承ください。

ベリーズ文庫 2023年2月発売予定

Now Printing

『悪役令嬢なので身を引くつもりが、婚約者の愛を引き寄せました』 吉澤《よしざわ》紗《さ》矢《や》・著

平民だった前世の記憶を思い出した公爵令嬢のベアトリス。今までの自分の横暴により婚約者の王太子・ユリアンに嫌われていると気づく。このままじゃ追放されちゃう——と焦ったベアトリスは、地味に暮らして穏便に婚約解消されるのを待つことを決意！　なのに、なぜか彼からの溺愛猛攻が始まって!?

ISBN 978-4-8137-1393-7／予価660円（本体600円＋税10%）

タイトル、価格等は変更になることがございますのでご了承ください。

小説サイト
Berry's Cafeの人気作品がボイスドラマ化！
豪華声優陣が出演!!
溺愛ボイスドラマ×ベリーズ男子
俺様すぎる強引社長
CV:増田俊樹
『キミは許婚』
by 春奈真実
とことん溺甘！グイグイ秘書室室長
CV:梅原裕一郎
『秘書室室長がグイグイ迫ってきます!』by 佐倉伊織
隠れドS!?溺愛系御曹司
CV:石川界人
『副社長は溺愛御曹司』
by 西ナナヲ
1話はすべて完全無料！
App Store からダウンロード
Google Play で手に入れよう
アプリストアまたはウェブブラウザで
ベリーズ男子
検索
【全話購入特典】
・特別ボイスドラマ
・ベリーズカフェで読める書き下ろしアフターストーリー
最新情報は公式サイトをチェック！
※AppleおよびAppleロゴは米国その他の国で登録されたApple Inc.の商標です。App StoreはApple Inc.のサービスマークです。※Google PlayおよびGoogle Playロゴは、Google LLCの商標です。